Ménage de printemps

M.C. BEATON

HAMISH MACBETH
DANS

Ménage de printemps

roman

Traduit de l'anglais (Royaume-Uni)
par Léa Taillard

ALBIN MICHEL

Édition originale parue sous le titre :
DEATH OF A DUSTMAN

Pour Olivia et Gwenda Peters,
avec toute mon affection.

I

« L'amour dans une chaumière, avec
de l'eau et du pain dur
N'est – Amour, pardonne-nous ! –
que cendres, escarbilles, poussière. »

John Keats

Les éboueurs. C'est encore comme ça qu'on les appelle, en Grande-Bretagne. Pas agents de collecte des déchets, ni employés de propreté urbaine, non : juste éboueurs, comme à l'époque de *Pygmalion* de George Bernard Shaw et de *L'Ami commun* de Charles Dickens. Les éboueurs, ceux qui ôtent la boue, ramassent la saleté, récoltent la poussière.

Celui de Lochdubh, Fergus Macleod, vivait dans un cottage délabré à l'orée du village avec sa femme, Martha, et leurs quatre enfants. C'était un petit homme, que son penchant pour la boisson avait rendu amer, mais qui s'arrangeait pour rester sobre les jours de ramassage. La rumeur courait qu'avant de se mettre à boire, il avait été comptable. Personne, dans ce village paisible du comté de Sutherland, tout au nord de l'Écosse, n'aurait pu imaginer qu'il était un monstre en puissance tout juste sur le point de se réveiller.

Mrs Freda Fleming avait récemment réussi – non sans employer diverses techniques d'intimidation – à se ménager une place au sein du conseil municipal de Strathbane en tant que « responsable environnement ». En réalité, ce poste avait été créé spécialement pour elle, afin qu'elle cesse de leur casser les pieds en se mêlant des autres projets municipaux. Seule femme du conseil, cette veuve ambitieuse était parvenue à ses fins dans ce milieu machiste en séduisant le maire, Mr Jamie Ferguson, un 25 janvier – jour d'hommage au poète Robert Burns – où ce personnage à tête de lapin avait trop forcé sur le whisky.

Car Mrs Fleming nourrissait un rêve secret : passer à la télévision. Fausse blonde depuis longtemps désertée par le charme de la jeunesse, arrogante et bien en chair, elle se voyait pourtant comme une femme svelte au charisme éblouissant. Son mari était décédé trois ans auparavant. Directeur d'une usine de matériel électronique à Strathbane, il avait été un homme d'affaires important dans la région. Sa crise cardiaque avait fait de Mrs Fleming une veuve fortunée, dotée d'une ambition dévorante et de beaucoup de temps à tuer. Elle accepta d'abord de mauvaise grâce le poste de responsable environnement, avant d'avoir une illumination : l'écologie, c'était tendance. Hyper-tendance, même.

Si elle parvenait à élaborer un projet environnemental d'envergure, songea-t-elle, elle attirerait à coup sûr le feu des projecteurs. De toute façon, elle était née pour briller, c'était évident. Strathbane, par exemple, avait grand besoin d'aménagements. Cette ville anarchique où pullulaient HLM et autres bâtiments hideux, submergée de criminalité et de chômage, faisait tache dans le paysage des Highlands. Mais l'aménager représentait un travail titanesque et, de toute façon, l'endroit n'était pas photogénique pour un sou. Elle visait la télévision nationale, il lui fallait donc un endroit bucolique, typique des Highlands. Voilà comment elle se rappela tout à coup Lochdubh, qu'elle avait visité un jour de beau temps. Elle le tenait, son projet : elle allait rendre Lochdubh « vert » !

Elle arriva au village par une chaude matinée d'été. La première chose qu'elle aperçut fut une rangée de sacs pleins d'ordures nauséabondes devant la salle paroissiale. Inadmissible ! Scandalisée, elle fit volte-face et scruta la berge. Son regard fut attiré par la lueur bleue d'un poste de police, en partie dissimulée par les roses qui grimpaient sur le chambranle.

Elle se dirigea vers le poste à grandes enjambées et jeta un œil par-dessus la haie. Hamish Macbeth, récemment promu au poste de sergent, jouait avec son chien Lugs dans le jardin.

– Hum, hum ! fit Mrs Fleming d'un ton sévère. Où est l'agent de police ?

Hamish était en civil, vêtu d'une vieille chemise à carreaux et d'un pantalon en velours côtelé trop grand pour lui. Son visage sympathique, encadré de cheveux roux ardent, était illuminé par le soleil. Il lui sourit.

– Je suis le sergent Macbeth. Que puis-je faire pour vous ?

– Que s'est-il passé à Lochdeube ? demanda-t-elle.

– Lochdubh, rectifia gentiment Hamish. Cela se prononce Lochdou.

– Peu importe, répondit Mrs Fleming, qui n'appréciait guère d'être corrigée. Pourquoi toutes ces ordures infectes sont-elles entassées devant la salle paroissiale ?

– Nous avons organisé une fête afin de recueillir des fonds pour une œuvre de charité. Qui êtes-vous ?

– Mrs Freda Fleming, responsable environnement à Strathbane.

– Eh bien, Mrs Fleming, comme je vous l'ai dit, si toutes ces ordures sont là, c'est à cause de notre petite fête.

– Et pourquoi n'ont-elles pas été collectées ?

– Fergus Macleod, l'éboueur, ne travaille que le mercredi.

– Il est hors de question que je tolère une telle négligence. Où habite-t-il ?

– Allez jusqu'à l'épicerie, chez Patel, et remontez le chemin. Au bout, il y a quatre cottages. C'est le dernier.

– Et pourquoi n'êtes-vous pas en uniforme ?

– C'est mon jour de congé, mentit Hamish en priant pour qu'elle n'ait pas l'idée de vérifier.

– Très bien. Nous serons amenés à nous revoir. J'ai pour projet de rendre Lochdubh plus vert.

Sur quoi elle s'en alla à grands pas, laissant coi Hamish Macbeth. Il gratta sa tignasse flamboyante avec perplexité. Que diable avait-elle voulu dire ? Peut-être voulait-elle planter des arbres, ou aménager des jardins ?

Mais il avait déjà trop de choses en tête pour s'inquiéter des projets de Mrs Fleming. Derrière lui, à son poste – du moins, l'espérait-il –, se trouvait l'agent qu'on lui avait octroyé il y a peu, Clarry Graham. Un vrai tire-au-flanc. Il ne s'était jamais distingué, se lavait rarement et traînait toute la journée dans un vieil uniforme crasseux.

Et puis, il y avait le nouvel hôtel. Le Lochdubh Hotel, situé sur le port et inoccupé depuis plusieurs années, avait récemment été racheté par un entrepreneur grec, George Ionides. Celui-ci fournirait du travail aux habitants du village, ce dont Hamish se félicitait, mais il risquait par la même occasion de voler la vedette au Tommel Castle Hotel, dirigé par le colonel Halburton-Smythe – Priscilla, sa fille, une femme splendide, avait jadis été l'amour de sa vie.

Il entra dans le poste de police, Lugs sur les talons. Le chien devait son nom à ses très grandes oreilles, « *lugs* » en écossais. À l'intérieur, il distingua la silhouette grassouillette de Clarry : assis derrière le bureau, l'agent ronflait le plus tranquillement du monde.

Je devrais le réveiller..., pensa Hamish. Mais pour quoi faire, au juste ? Ces derniers temps, c'était le calme plat. Il l'observa un instant : quelques mèches grisonnantes étaient plaquées en travers de son crâne rose, son imposante moustache frémissait au rythme de sa respiration endormie. Il avait un visage aussi rond que celui d'un bébé prématuré, et de grosses mains potelées croisées sur sa bedaine. Seuls jouaient en sa faveur ses dons de cuisinier et le fait que, quoi qu'on puisse en dire, il était vraiment gentil. Presque tout son salaire passait dans les repas qu'il se faisait un plaisir de cuisiner pour Hamish et lui-même.

Bon, il n'est pas si mal, se résigna Hamish en refermant doucement la porte du bureau. Ça aurait pu être pire.

Fergus Macleod s'adonnait allègrement à son occupation favorite et, l'eût-elle trouvé chez lui, Mrs Fleming aurait sans nul doute veillé à ce qu'il se fasse renvoyer. Mais il était sur la lande, vautré dans la bruyère à cuver son whisky. Ce fut donc sa femme, Martha, qui ouvrit à la responsable environnement. Elle avait été jolie, mais le mariage, quatre enfants et les nombreux coups qu'elle avait reçus avaient terni sa beauté et laissé de profonds sillons dans son visage aux traits fatigués. Sa chevelure épaisse et noire était à présent striée de gris, et son regard rongé par l'inquiétude.

Lorsque Mrs Fleming l'interrogea à propos de son mari, la peur la poussa à protéger l'horrible Fergus : de quoi vivraient-ils, s'il perdait son travail ? Elle le dépeignit comme un homme travailleur, obligé de soulever les sacs-poubelle à la main à cause de son camion vétuste – voilà pourquoi il ne les ramassait qu'une fois par semaine. L'air timide et respectueux de Martha plut beaucoup à Mrs Fleming. Elle lui donna sa carte et déclara que Fergus devrait se présenter aux bureaux du conseil municipal à onze heures le lendemain.

– Nous allons régler cette histoire de camion, annonça-t-elle avec une générosité grandiloquente. J'ai de grands projets pour Lochdubh.

Lorsqu'elle fut partie, Martha confia les petits à Johnny, son aîné, et sortit pour trouver son mari. Elle chercha plusieurs heures. À la tombée de la nuit, elle avait presque jeté l'éponge. Elle se pencha sur le pont bossu qui enjambait la rivière Anstey et comprit soudain que ce qu'elle espérait par-dessus tout, c'était qu'il meure. Ce ne serait pas la même chose que s'il perdait son travail. Elle aurait droit à une pension de réversion et quand

Sean, son troisième, serait assez grand pour aller à l'école, elle pourrait peut-être faire garder le bébé et prendre un travail au nouvel hôtel. Mrs Wellington, la femme du pasteur, l'avait sermonnée sans ménagement : « Vous deviez bien savoir qu'il était alcoolique, quand vous l'avez épousé. » Mais, non, à l'époque elle n'en avait aucune idée. Il savait lever le coude, bien sûr, comme beaucoup de Highlanders, cet homme qu'elle avait rencontré lors d'un mariage à Inverness. Après lui avoir parlé de son travail de comptable à Dingwall, il lui avait fait la cour avec zèle. Ce n'est qu'après leur mariage, une fois qu'ils eurent emménagé dans le cottage hérité de ses parents à elle, qu'elle le découvrit tel qu'il était : ivrogne et chômeur. S'il avait bel et bien été comptable, il prit un curieux plaisir à devenir l'éboueur du village.

Soudain, elle le sentit derrière elle. Elle se retourna et le vit qui approchait, le pas traînant, avec dans le regard la vague lueur d'excuse qu'il adoptait toujours quand il venait de dessoûler.

– Tu me cherches ?

– *Aye*. Une femme du conseil municipal de Strathbane est venue. Elle veut que t'y ailles demain matin.

– Qu'est-ce qu'elle me veut ?

– Elle a pas dit. Elle a laissé sa carte.

– T'aurais dû demander.

Il n'avait que la quarantaine, mais ses yeux vitreux, son gros nez et sa petite bouche pincée témoignaient des ravages déjà causés par l'alcool. Elle observa ses épaules tombantes, ses bras démesurément longs, comme distendus à force de soulever toutes ces poubelles. Comment avait-elle pu un jour aimer cet homme ?

– Je ferais mieux d'y aller, alors, ronchonna-t-il.

Martha frissonna malgré la douceur de la soirée. Ça sentait les ennuis à plein nez. Puis elle se morigéna : de toute façon, les ennuis étaient déjà là depuis longtemps.

Clarry glissa une assiette de bouillabaisse fumante sous le nez d'Hamish Macbeth.

– Goûtez-moi ça, monsieur, ordonna-t-il. Personne ne cuisine la bouillabaisse aussi bien que moi.

– *Aye*, vous êtes un cuisinier épatant, Clarry, répondit Hamish, qui se serait volontiers contenté de poisson pané et de frites surgelées en échange d'un agent digne de ce nom.

Mais le ragoût de poisson était délicieux.

– Vous n'avez jamais pensé à vous lancer dans la restauration ? lui demanda-t-il. Un génie comme vous ne devrait pas gâcher son talent dans la police. Le Tommel Castle Hotel, par exemple, gagnerait à embaucher un bon cuisinier.

– Ce ne serait pas pareil. Ils lésinent sur les moyens, dans ces grands hôtels, ils vous font faire des économies sur les ingrédients, répondit Clarry en mangeant avec appétit.

– Une femme du conseil municipal de Strathbane est venue. Elle cherchait Fergus.

– L'ivrogne ?

– Lui-même. Peut-être que vous pouvez faire quelque chose pour moi, Clarry. Dieu sait si j'ai essayé. Je suis sûr qu'il bat sa femme. Allez chez eux demain et voyez si vous pouvez lui parler seul à seule pour lui dire qu'elle n'a pas à endurer ça.

– Les affaires conjugales, ce n'est pas vraiment mon fort, répondit l'agent en prenant un gros morceau de pain pour saucer son assiette.

– Vous êtes policier, le sermonna Hamish. On ne laisse plus les femmes se faire battre par leur mari, de nos jours.

– Je peux essayer, répondit Clarry d'un ton conciliant. Bon, quand vous aurez fini, j'ai une tarte aux pommes toute chaude qui sort du four.

Le lendemain matin, ce fut un Fergus tout endimanché qui grimpa dans le camion-poubelle pour se rendre à Strathbane : il avait revêtu son seul costume, un bleu marine que sa femme avait soigneusement nettoyé, et huilé les trois cheveux qui se couraient après sur son crâne couvert de taches de rousseur.

Il sentait la rage monter en lui. Les habitants de Lochdubh l'avaient certainement accusé de quelque chose. Il se promit de trouver qui, et de prendre sa revanche.

Il fonçait donc, véritable boule de noirceur lancée

à toute vitesse dans le paysage splendide de l'été écossais. Les buses volaient haut, et les montagnes et la lande profitaient tranquillement de la douceur du soleil.

Arrivé à Strathbane, il se gara devant l'immeuble carré à l'air stalinien qui abritait les bureaux du conseil municipal. Il se présenta à l'accueil et attendit.

Une secrétaire le conduisit au premier étage, où la responsable environnement avait réquisitionné l'un des plus beaux bureaux. Lorsque Fergus entra, sa gorge se serra : lui-même un tyran, il n'avait aucun mal à reconnaître ce trait de caractère chez les autres. La posture de cette femme, son regard dur et sa façon de le jauger ne laissaient aucune place au doute.

– Asseyez-vous, Mr Macleod, ordonna Mrs Fleming. Il faut que nous discutions de l'amélioration environnementale de Lochdubh.

Le cerveau de Fergus, sobre à présent, fonctionna à toute allure : c'était une écolo. Très bien. Il se la mettrait dans la poche.

– Je suis prêt à faire tout mon possible pour protéger l'environnement, Mrs Fleming.

– Excellent. Comment se fait-il, alors, que vous n'ayez pas ramassé les ordures qui traînaient devant la salle paroissiale ?

– Regardez par la fenêtre, madame. Vous voyez mon camion ? C'est un vieux modèle, avec des portes coulissantes sur les côtés.

Mrs Fleming s'approcha de la fenêtre, et il la rejoignit en reprenant :

– Ça signifie que je dois tout soulever moi-même. Tout seul. J'ai des médicaments pour le dos. Je m'en sors, mais seulement si je m'en tiens à mon jour de ramassage, le mercredi.

Mrs Fleming grimaça à la vue du camion. Pas exactement photogénique.

– Asseyez-vous, Mr Macleod. Ce camion, ça ne va pas être possible. Lochdubh doit être exemplaire.

Elle s'empara d'une boîte en plastique noir derrière son bureau.

– Nous allons distribuer des boîtes comme celle-ci à tous les foyers du village. On y jettera papier, bouteilles et canettes séparément des autres déchets. Des poubelles à roulettes seront fournies pour le reste.

Fergus imagina les énormes poubelles et protesta :

– Mais je ne pourrai jamais les porter.

– Vous n'en aurez pas besoin, répondit-elle triomphalement. Votre benne à ordures toute neuve sera dotée d'un mécanisme pour les soulever. Nous installerons également de grands conteneurs sur le quai. Un pour le papier, un autre pour les canettes et un troisième pour le verre.

– Mais s'ils mettent déjà les canettes, les bouteilles et tout le toutim dans les boîtes noires, pourquoi est-ce qu'il en faut encore d'autres ?

– Afin qu'ils n'aient aucune excuse pour ne pas

faire le tri. Les hôtels et les pensions devront utiliser les conteneurs.

Elle se pencha vers lui :

– Nous allons faire de Lochdubh un endroit célèbre, Mr Macleod. Combien gagnez-vous actuellement ?

Fergus lui indiqua le montant de son salaire.

– Cette somme sera doublée. Vous êtes à présent promu au poste de responsable environnement de Lochdubh. Que portez-vous pour travailler ?

– Un bleu de travail et de vieux habits.

– Non, ça n'ira pas pour la télévision, pas du tout.

– La télévision ? répéta Fergus.

– Oui. Quand vous aurez fait de Lochdubh un village modèle, je viendrai accompagnée du maire ainsi que d'autres notables. La presse et la télévision seront présentes. Il vous faudra un uniforme approprié.

Elle jeta un œil à sa montre.

– À présent, soyez gentil, attendez-moi ici. J'ai une réunion avec les autres conseillers.

Clarry, le visage rose ruisselant de sueur sous son képi, se dirigeait vers chez Fergus d'un pas tranquille. Selon Hamish, l'éboueur avait quatre enfants. Clarry s'attendait à les voir jouer dehors, puisque c'étaient les vacances. Mais devant la porte, il n'y avait qu'un vieux landau usé, dans lequel se trouvait un bébé étonnamment sage. Clarry lui fit coucou de la main, ce à quoi le petit répondit d'un regard grave. Il frappa.

Martha ouvrit et laissa échapper un cri de frayeur à la vue de son uniforme.

– C'est une visite amicale, la rassura Clarry. Est-ce que je peux entrer ?

– Je suis en train de faire à manger pour les enfants.

Johnny, dix ans, Callum, huit ans, et Sean, quatre ans, étaient assis autour de la table. Ils lui adressèrent le même regard sérieux que le tout-petit.

– Qu'est-ce que vous leur avez concocté ? demanda Clarry, jamais en reste lorsqu'il s'agissait de cuisine.

– Du pain grillé et une boîte de haricots à la tomate.

La mine pâle, fatiguée de Martha et le calme anormal des enfants attendrirent le policier.

– Ce qu'il vous faut, à tous les quatre, c'est un vrai bon repas, dit-il. Attendez-moi ici. Je vais m'en occuper.

– Oh, ce n'est pas nécessaire..., commença Martha, mais en agitant joyeusement la main, Clarry s'élançait déjà, avec la légèreté et l'agilité qui font de certains hommes gros d'excellents danseurs.

Une demi-heure plus tard, le voilà qui revenait, chargé de deux énormes sacs de courses.

– Pouvez-vous m'indiquer la cuisine ?

Martha le conduisit dans une cuisine exiguë.

– Allez, tout le monde devant la télé, lança-t-il, le repas sera prêt dans une minute.

Martha alluma la télévision et les enfants la rejoignirent sur le canapé. Clarry attendrit les steaks d'aloyau, les écrasant jusqu'à ce qu'ils soient aussi fins que du papier, et les glissa dans une poêle avec de l'huile et de l'ail. Il mit le pain à l'ail au four, la salade dans le saladier, éplucha les pommes de terre et fit une montagne de frites. Tous furent bientôt rassemblés autour de la table.

– Coca-Cola pour tout le monde ! annonça Clarry aux enfants, un immense sourire aux lèvres. Et votre maman et moi, nous allons boire un petit verre de vin.

Tout en mangeant avec appétit, les enfants contemplaient ce gros monsieur sympathique et exubérant. Johnny trouvait qu'il ressemblait au père Noël.

– Tout cela a dû vous coûter une fortune, s'inquiéta Martha.

– Je le ferai passer en note de frais, dit-il.

Sous l'influence du vin et de ce délicieux repas, Martha retrouvait des vestiges de sa beauté passée. Mais elle n'était pas tranquille : Fergus pouvait rentrer à tout moment. Clarry leur raconta l'époque où il était policier à Strathbane, les enfants l'écoutaient avec attention, et Martha finit par se détendre. Son mari ne ferait certainement pas de scène avec un policier dans la maison.

Le déjeuner terminé, les enfants retournèrent devant la télévision.

– Oh, non, certainement pas, pas avec un si beau soleil, protesta Clarry. Votre mère et moi allons faire la vaisselle et ensuite, tout le monde dehors.

– Pourquoi êtes-vous venu ? lui demanda Martha en essuyant la vaisselle tandis qu'il la lavait.

– Seulement pour vous dire que si votre mari vous bat, vous devriez le signaler.

– Il ne me bat pas, affirma-t-elle. De toute façon, même si c'était le cas, je n'aurais pas assez d'argent pour élever les enfants toute seule. On me les enlèverait.

Clarry baissa les yeux vers sa silhouette fragile.

– Ça n'arriverait pas, parce que je ne laisserais pas faire ça, ma belle. Un point c'est tout. Allez, emmenons ces petits dehors, voir si on peut leur faire faire un peu d'exercice.

Clarry se servit d'un manche à balai et d'une vieille balle de tennis pour improviser un match de *rounders*, le base-ball britannique. Les enfants couraient partout, criant et riant aux éclats. Martha en eut les larmes aux yeux. Quand avait-elle entendu ses enfants rire ainsi pour la dernière fois ?

– Affaire conclue, alors, triompha Mrs Fleming sous le regard dépité des autres conseillers, qui avaient la nette impression de s'être fait avoir.

Ils avaient pointé, en vain, le prix exorbitant du projet qu'elle proposait. Elle avait anéanti leurs objections les unes après les autres tel un véritable bulldozer.

Fergus l'attendait sagement dans son bureau. Elle fouilla dans un tiroir pour en sortir un mètre de couturière.

– Bon, prenons donc vos mesures, pour l'uniforme.

Fergus n'en croyait pas ses oreilles. Grâce à cette promotion, non seulement sa paye était doublée, mais il aurait en plus un prétexte pour faire régner la terreur au village. Il serait sans pitié : pas la moindre canette, pas la plus petite bouteille ne seraient admises parmi les déchets ordinaires. Il était aux anges. Quels jours merveilleux l'attendaient ! L'idée d'une petite rasade pour fêter ça lui traversa l'esprit, mais il la chassa aussitôt. Tandis que Mrs Fleming le mesurait en prenant des notes, il pensait à son nouveau statut avec une délectation grandissante : lui, Fergus Macleod, occupait désormais le poste de responsable environnement !

Depuis leur cottage, Martha apercevait la route en lacets qui menait à Lochdubh. Elle aurait reconnu le bruit du camion de Fergus entre mille.

– Papa arrive ! cria-t-elle.

Les enfants se figèrent en pleine action. Ce n'est plus du base-ball, s'étonna Clarry, c'est un, deux, trois, soleil. Le vrombissement du moteur se faisait de plus en plus distinct, et ils se hâtèrent tous à l'intérieur.

– Vous feriez mieux d'y aller, fit Martha.

– Souvenez-vous, ma jolie. Je suis à deux pas d'ici. Vous n'avez pas à supporter ça.

Elle acquiesça, ses grands yeux pleins de frayeur, le pressant de s'en aller. Il s'éloigna d'un pas nonchalant et disparut en direction de la berge pile au moment où le camion-poubelle freinait dans un grondement assourdissant.

Martha alla à la rencontre de Fergus, qui s'écria aussitôt :

– On a quelque chose à fêter, ce soir !

Le cœur de Martha se serra. Elle savait très bien comment son mari célébrait les bonnes nouvelles. Mais, contre toute attente, l'éboueur était tellement obnubilé par sa promotion qu'il en oublia son whisky. Il arriva dans la cuisine chargé d'une cagette entière de provisions comprenant Coca, chips, chocolats pour les enfants, ainsi qu'un assortiment de victuailles pour le moins curieux : une terrine de chevreuil, plusieurs fromages étranges, du jambon cru, des cerises au sirop et autres fruits en conserve. Martha repensa avec mélancolie aux steaks savoureux offerts par Clarry.

– Qu'est-ce qu'on fête ? demanda-t-elle timidement.

– Eh bien, tu as devant toi le nouveau responsable environnement de Lochdubh !

Pas peu fier, il lui raconta tout : l'augmentation, le nouveau camion, la transition écologique de Lochdubh.

Ce fut une soirée étrangement calme chez les Macleod. Pourvu que les enfants ne mentionnent pas la visite de Clarry, pria Martha. À son grand soulagement, ils n'en dirent pas un mot. Ils savaient très bien ce qu'ils risquaient sinon : une terrible crise de rage de leur père. Mieux valait se taire en toutes circonstances.

Pendant les semaines qui suivirent, le succès de Fergus agit comme un baume sur sa colère. Il commença même à s'arrêter dans ses tournées pour faire un brin de causette avec les villageois. Clarry en éprouva une cruelle déception : lui qui rêvait secrètement de jouer les preux chevaliers en arrachant Martha des griffes d'un mari violent…

Quant à elle, c'était bien la première fois qu'elle voyait son mari tenir aussi longtemps sans boire. Elle continuait de le craindre autant qu'un volcan prêt à entrer en éruption, mais ce répit était bienvenu.

Et puis, un matin, des tracts furent déposés dans toutes les boîtes aux lettres : une réunion se tiendrait dans la salle paroissiale pour discuter des améliorations prochaines au village. Hamish et presque tous les autres habitants s'y rendirent.

Depuis l'estrade, Mrs Fleming dominait la salle, dans un blazer noir à paillettes passé sur une chemise de soie blanche. Sa longue jupe noire, fendue d'un côté, laissait apparaître une jambe épaisse et musclée dans un bas de contention. Elle annonça le « grand plan vert » de Lochdubh. Les villageois écoutaient, perplexes à l'idée de devoir trier leurs déchets. De nouveaux conteneurs pour le verre et le papier seraient installés sur le quai, pas plus tard que le lendemain.

– C'est quoi, un conteneur à verre ? chuchota le pêcheur Archie Maclean.

– C'est une grosse poubelle métallique en forme de cloche, comme devant les supermarchés à Strathbane. Pour jeter les bouteilles en verre.

– Ah, c'est donc à ça que ça sert, répondit Archie. Nom d'une pipe, regarde-moi un peu ça !

Mrs Fleming avait entraîné Fergus sur l'estrade. Sans écouter les autres conseillers – pour qui une simple combinaison verte aurait fait l'affaire –, elle avait confié la conception de l'uniforme à son neveu, Peter, un jeune homme gracile et passionné de mode qui voulait devenir styliste.

Fergus avança fièrement, sous les yeux ébahis de l'assistance. On aurait dit un uniforme militaire : vert pétant, avec des épaulettes et des boutons de cuivre jaune. Un képi venait compléter cet accoutrement si volumineux et si pompeux que n'importe quel officier russe en aurait pâli de jalousie. Fergus Macleod semblait tout droit sorti d'un régime totalitaire – dans le rôle du dictateur rabougri.

Un gloussement se fit entendre. Puis quelqu'un éclata franchement de rire. Bientôt, la salle tout entière fut prise d'un fou rire assourdissant. Fergus resta debout, ses longs bras ballants, le visage cramoisi, les ricanements de la foule retentissant cruellement dans ses oreilles. Il les haïssait. Il les haïssait, tous autant qu'ils étaient.

Et ils ne perdaient rien pour attendre.

Le lendemain, Hamish fit un petit tour sur le quai pour voir comment avançait la rénovation de l'hôtel. Le travail ne courait pas les rues, dans les Highlands, il fut donc enchanté de constater qu'on avait employé autant de locaux.

– Hamish ?

Il fit volte-face. Priscilla Halburton-Smythe se tenait devant lui. L'espace d'un instant, son cœur bondit comme jadis à la vue de son visage ovale et clair, de ses longs cheveux brillants. Mais ce fut d'un ton neutre qu'il répondit :

– On espionne la concurrence à l'ouvrage, Priscilla ?

– Oui, on peut dire ça. Je suis inquiète, Hamish. Tout marchait si bien pour nous. À cause d'eux, la clientèle risque de nous filer entre les doigts.

– Ils n'ont pas de droits de pêche, répondit-il d'un ton léger. La plupart de vos clients viennent pour ça. Et vous ne recevez pas les cars de touristes.

– Pas encore. Nous devrons sûrement nous adapter, si nous voulons rivaliser.

– Je n'ai pas encore vu le nouveau propriétaire, remarqua-t-il.

– Il a des hôtels partout en Europe, d'après ce que j'ai entendu.

– Et tes employés ? Est-ce qu'ils ont l'air de trouver l'herbe plus verte chez le nouveau ?

– Non, pas pour l'instant. Oh, Hamish, et s'il offrait de meilleurs salaires que les nôtres ? Ce serait une catastrophe.

– Voyons d'abord comment ça se goupille, dit négligemment Hamish. Dans la majorité des cas, il suffit d'attendre un peu, et les problèmes se résolvent tout seuls.

– Et ce nouvel agent, alors ?

Hamish laissa échapper un soupir.

– Quand c'était Willie Lamont mon adjoint, j'avais déjà du mal – il ne pouvait pas s'empêcher de nettoyer tout ce qui lui passait sous la main, celui-là. Aucune concentration sur son travail : un nouveau produit d'entretien au magasin, et le voilà qui filait à toute berzingue. Le problème d'être policier à Lochdubh, Priscilla, c'est qu'on se coltine tous ceux dont ils ne veulent plus à Strathbane. Donc voilà, je me retrouve avec Clarry sur les bras. Attention, il est très gentil, je ne dis pas le contraire – et il cuisine drôlement bien. Mais il a un sacré poil dans la main et, pour être franc avec toi, il ne sent pas toujours très bon. S'il ne se décide pas bientôt à prendre un bain, je vais finir par le balancer dans le loch.

L'accent d'Hamish se faisait toujours plus sifflant quand il était contrarié. Priscilla pouffa :

– C'est aussi atroce que ça ?

– Oh oui, tu peux me croire.

– Au fait, qu'est-ce que c'est que cette histoire de plan vert ?

– Ah, c'est ce dragon de bonne femme. Tu n'étais pas à la réunion ?

– Non.

– Elle vient du conseil municipal de Strathbane. Elle a décidé qu'on devrait trier nos déchets, à partir de maintenant. Regarde, ils sont déjà en train de tout installer.

Priscilla observa le quai. Une grue manœuvrait pour mettre en place le premier conteneur.

– Le changement, ce n'est pas vraiment notre tasse de thé, dans le coin, fit-elle remarquer. Personne ne respectera cette histoire de tri sélectif. Ils vont se rebeller.

– Ah, mais c'est que tu n'as pas encore croisé notre nouveau champion de l'écologie. Tiens, quand on parle du loup…

Fergus était apparu, resplendissant dans son nouvel uniforme. Les mains croisées derrière le dos, il se balançait d'avant en arrière, le visage assombri par son immense képi.

– Grand Dieu ! fit Priscilla à voix basse. Il ne lui manque plus que la cravache – ou, mieux, le bâton de maréchal !

– Cet accoutrement, ça n'annonce rien de bon, si tu veux mon avis. As-tu déjà remarqué cette manie qu'ont les agents de circulation à se transformer en monstres fascistes à la seconde où ils enfilent leur uniforme ?

– Avec un éboueur, on ne risque pas grand-chose.

– Détrompe-toi : niveau mesquineries de bas étage, c'est un as. La dernière fois, il a arrêté de ramasser les ordures des sœurs Currie juste parce qu'elles ont fait l'impasse sur ses étrennes. Il a fallu qu'elles se plaignent à la mairie.

– Eh bien, voilà. S'il fait des siennes, il suffira de le signaler.

– À condition que cette fameuse Mrs Fleming tienne compte des plaintes.

– Mais qui est-elle, au juste ? Une militante écologiste ? D'après le tract, c'est elle qui s'occupe de toutes les questions environnementales à la mairie.

– Son truc, à mon avis, c'est le pouvoir – comme quoi, Fergus n'est pas le seul. Elle se sert de l'argent du contribuable pour mener son monde à la baguette. Tiens, regarde qui voilà, à présent.

La voiture de Mrs Fleming venait de se garer le long du quai. Fergus s'empressa de parader jusqu'à elle. Priscilla éclata de rire :

– Alors ça, c'est la meilleure ! Hamish, il lui a fait un *salut militaire*.

Hamish rit de bon cœur. Il n'y avait pas un crime à l'horizon, ces jours-ci, et le beau temps engourdissait sa vigilance. Il n'avait qu'une envie : ne rien faire. Il ne devina donc pas que ce salut ridicule exécuté par Fergus lui gagnait les faveurs de Mrs Fleming, et constituait le premier maillon d'une chaîne d'événements qui allait très mal finir.

2

> « Le malheureux, concentré en lui-même,
> Vivra sans gloire,
> Et, frappé d'une double mort,
> Rentrera dans la poussière dont il est sorti,
> Sans que nul ne le pleure, ne le chante, ne l'honore. »
>
> Sir Walter Scott

Pendant les deux semaines qui suivirent, le ramassage des ordures se déroula sans incident. Mais une fois les boîtes de tri et les poubelles à roulettes installées dans les foyers, Fergus commença à prendre sa revanche.

Les sœurs Currie, deux vieilles dames prénommées Nessie et Jessie, furent ses premières victimes – comble de l'injustice, puisqu'elles étaient les seules à avoir respecté les nouvelles règles à la lettre. Leurs canettes, verre et papiers avaient bien été emportés, mais pas le contenu de leur grosse poubelle, sur laquelle trônait un petit mot sur papier vert : « Tout déchet organique doit être brûlé. F. Macleod, responsable environnement. »

– Ça veut dire quoi, ça, déchet organique ? demanda Nessie. On n'en a pas.

– On n'en a pas, répéta sa sœur, qui avait la manie exaspérante de répéter les fins de phrases. Je vais chercher une chaise, reprit-elle, oui, chercher une chaise.

La poubelle était trop haute pour les sœurs, toutes deux de petite taille. Jessie sortit une chaise de la cuisine, se jucha dessus et souleva le couvercle.

– C'est juste les roses. Celles qui étaient en train de faner dans le vase et qu'on a jetées, tu sais, qu'on a jetées.

– Je vais écrire à la mairie, décida Nessie.

– Il n'a pas ramassé nos ordures, se plaignit Clarry.

– Elle est où, sa fichue poubelle à roulettes ? demanda Hamish. C'est là-dedans qu'il faut les mettre, pas dans des sacs.

– Zut… C'est qu'elle était parfaite pour le grain des poules.

– Sortez-la, enlevez le grain et videz les ordures dedans, Clarry, lui ordonna Hamish en soupirant. C'est officiel : nous sommes en dictature !

Et le même incident se produisit partout dans le village. On reconnaissait bien là les villageois qui, quelques années auparavant, avaient délogé les poubelles métalliques du quai pour en faire des casiers à homards. Grâce à cette ingéniosité typique des Highlands, les nouvelles poubelles trouvèrent ainsi pléthore d'usages différents, plus ou moins éloignés de celui pour lequel elles avaient été conçues : certains y rangèrent les outils, d'autres le fourrage. Elles firent office de brouettes pour les enfants qui improvisèrent de grandes courses sur le quai, pendant que les petits mots verts et menaçants s'empilaient dans les boîtes aux lettres de leurs parents.

Les courriers de protestation se mirent bientôt à pleuvoir sur Strathbane. Mais Mrs Fleming ne se donna nullement la peine d'y répondre. Elle qui venait de Hamilton, dans le Lanarkshire, ne savait que trop bien à quel genre d'individus elle avait affaire dans les Highlands : des bons à rien grincheux dont la bizarrerie, très franchement, frisait le grotesque. Et c'est ainsi que sa secrétaire fut priée de mettre l'intégralité des lettres directement à la poubelle.

– J'ai une mission pour vous, Clarry, lança Hamish. Notre devoir est de protéger tous les habitants de ce village, y compris cette vermine de Fergus Macleod. Allez le trouver, et dites-lui d'arrêter son cirque. Ça commence à chauffer au village, avec toutes ces ordures qui s'entassent.

Le visage de Clarry s'illumina à l'idée de revoir Martha.

– Bien, monsieur.

– Oh, et, Clarry, appelez Strathbane et commandez-vous un nouvel uniforme.

Clarry examina la veste tendue sur son ventre proéminent.

– Pourquoi ?

– Celui-ci est vieux et rapiécé. Et d'ailleurs, dites-moi, quand avez-vous pris un bain pour la dernière fois ?

L'agent s'empourpra et baissa la tête, penaud.

– *Aye*, filez donc à la salle de bain pendant que je vois ce que je peux faire avec cet uniforme.

Docile, Clarry se dirigea vers la salle d'eau. Hamish déplia la table à repasser et se mit au travail, savonnant, nettoyant, repassant l'uniforme souillé.

De son côté, Clarry se vautra comme une baleine dans l'eau fumante. Puis il se sécha, fouilla les tiroirs de la salle de bain et tomba sur une bouteille neuve d'eau de toilette Brut dont il s'aspergea généreusement. Après avoir enfilé des sous-vêtements propres, il retourna dans la cuisine d'un pas lourd et récupéra son uniforme avec un « merci » étouffé.

Chancelant sous cette rafale d'eau de toilette, Hamish eut néanmoins l'indulgence de ne pas faire de remarque. Un peu d'air frais ne sera pas de trop pour atténuer l'odeur, pensa-t-il alors que l'agent se mettait en route.

Sous un soleil radieux, Clarry marchait tranquillement le long du quai, laissant ses pensées divaguer vers de nouvelles idées de recettes. Il s'arrêta devant le restaurant italien afin d'étudier le menu.

– Y a-t-il quelque chose qui vous inspire, monsieur l'agent ?

Clarry fit volte-face et se retrouva nez à nez avec un vieil homme, qui ajouta :

– Je suis Mr Ferrari, le propriétaire.

– J'aime beaucoup la cuisine italienne, répondit aimablement Clarry, mais j'espère que vous n'utilisez pas trop de basilic. C'est ça, le problème, de nos jours. Les gens ont la main lourde avec les aromates. Ça sent bon, c'est sûr, mais on finit par obtenir un goût de médicament.

– Vous aimez cuisiner ?

– C'est ma passion, déclara fièrement Clarry.

Mr Ferrari étudia son interlocuteur d'un œil avisé. L'ancien agent d'Hamish, Willie Lamont, avait quitté les forces de police pour épouser la jolie Lucia, une parente du restaurateur. Son chef cuisinier, quant à lui, s'en allait à la fin du mois.

– Vous devriez venir dîner, un de ces soirs, proposa-t-il. C'est moi qui vous invite !

– C'est vraiment très gentil, monsieur, répondit Clarry.

La vision d'un dîner aux chandelles avec Martha

le fit soudain frissonner d'aise. Fergus retomberait dans l'alcool tôt ou tard. Il se pourrait même qu'il finisse par y passer, et alors... Il adressa un sourire éclatant à Mr Ferrari :

– À vrai dire, comment refuser une offre aussi sympathique ? Pensez-vous que je pourrais venir accompagné ?

– Bien évidemment, monsieur l'agent. Par ailleurs, j'ai une faveur à vous demander. Le monsieur des poubelles s'amuse à faire la fine bouche sur les ordures qu'il ramasse. Toutes les bouteilles et canettes que l'on a ici ne rentrent pas dans ces petites boîtes, voyez-vous.

– Je suis justement en chemin pour lui en toucher deux mots.

– Excellent. Entre vous et moi, monsieur l'agent, il était temps. Les esprits commencent à s'échauffer. Si rien n'est fait, il pourrait bien lui arriver une bricole.

Si seulement, pensa le policier en saluant Mr Ferrari avant de reprendre sa route.

Clarry ne s'était jamais marié. C'était sa mère qui avait voulu qu'il entre dans la police. Il était resté habiter avec elle toute sa vie, jusqu'à sa mort, puis il s'était installé à Lochdubh un an plus tard. Peu ambitieux, terriblement paresseux, il n'était jamais monté en grade. Sa mère avait pris soin de faire fuir les femmes dès qu'elles s'intéressaient à lui, et les rares collègues policières qu'il avait eues le terrifiaient. Déménager à Lochdubh était la meilleure chose qui lui soit arrivée, pensait-il en son for intérieur. Il adorait ce village. Et pour ne rien gâcher, il avait un patron en or : on ne pouvait pas faire plus gentil et décontracté qu'Hamish. Ses pensées se tournèrent de nouveau vers Martha. Quelque chose dans sa beauté fanée, dans son air brisé, le bouleversait. Il tourna sur le chemin du cottage. Bien que cela soit peu probable, il espérait de tout son cœur la trouver seule chez elle.

En arrivant, Clarry fit des petits gazouillis au bébé dans son landau avant de frapper. Johnny lui ouvrit.

– Ton père est là ?

Le garçon jeta un regard nerveux par-dessus son épaule et Fergus apparut, dans un vieux tee-shirt et un jean usé.

– Qu'est-ce que vous voulez ? aboya-t-il.

– Est-ce que je peux entrer ?

– Non, on peut discuter dehors.

Fergus sortit en fermant la porte derrière lui. Clarry ôta son képi et le cala sous son coude.

– Eh bien, voilà, monsieur. Votre manie de ne plus ramasser les poubelles, et tous les vilains mots que vous laissez aux villageois, c'est en train de devenir un vrai problème.

– Qu'est-ce que ça peut bien vous faire ? C'est la mairie qui s'occupe de ça. Ils ont qu'à leur écrire, s'ils sont pas contents.

– Je suis seulement venu vous prévenir. Vous pourriez être en danger.

– Avec cette bande de mauviettes ? Bah, vous en faites pas pour moi, répliqua Fergus en ricanant.

Derrière l'éboueur, Clarry aperçut Martha à la fenêtre. Elle lui adressa un triste sourire.

L'habituelle amabilité de Clarry fondit soudain comme neige au soleil, et l'expression narquoise de Fergus Macleod le fit bouillir de rage. Il explosa :

– Vous êtes un odieux personnage. Je suis venu vous avertir, mais en vérité, si quelqu'un décidait de vous faire la peau, il rendrait un fier service à tout le village !

Sur quoi il tourna les talons, se retournant une dernière fois au niveau du portail :

– Bon Dieu, je vous étranglerais bien moi-même !

Et il s'éloigna, poursuivi par les ricanements abjects de Fergus.

Arrivé près du quai, il s'adossa contre un mur et laissa son regard se perdre dans le bleu éclatant de l'eau. Un voilier naviguait vers le large, toutes voiles dehors, gonflées sous l'effet d'une brise farouche. Des rires et des bavardages s'en échappaient. Que n'aurait-il pas donné pour être avec Martha à cet instant. Le dos au mur, il sentait la chaleur de la pierre à travers son uniforme.

Pendant ce temps, de retour au poste pour du travail administratif après avoir abreuvé ses moutons, Hamish se demandait ce qui pouvait bien retenir son agent. Mais Clarry n'était pas décidé à rentrer. Peut-être Martha aurait-elle des commissions à faire. Peut-être apparaîtrait-elle devant lui.

Armé d'une patience à toute épreuve, il ne bougea pas d'un pouce jusqu'à ce que le soleil commence à décliner derrière les montagnes. Elle descendrait certainement au village acheter quelque chose. Patel, comme tous les commerçants asiatiques, ne baissait pas le rideau avant tard dans la soirée.

Tout à coup, il la vit : elle se hâtait le long du chemin, un panier vide à la main. Il alla à sa rencontre.

– Oh, Mr Graham ! s'exclama-t-elle en couvrant hâtivement un bleu sur sa joue.

– Il vous a frappée, s'écria Clarry.

– Oh, non. C'est stupide, je me suis cognée dans une porte.

– C'est plutôt lui qui vous a cognée. Il faut le dénoncer.

– Je ne peux pas, dit-elle les larmes aux yeux.

– Oh, ma jolie, je ne voulais pas vous faire de peine. Laissez-moi vous aider avec les commissions.

– Je vais me débrouiller. Fergus veut une bouteille de whisky.

– Encore à boire, celui-là ? Quelle misère.

– Au moins, il partira quelque part avec sa bouteille, et j'aurai la paix, répondit-elle sombrement.

Ils entrèrent ensemble dans l'épicerie.

– Prenez le moins cher, dit Clarry.

– Non, il veut du Grouse.

– Laissez-moi payer.

– Ce ne serait pas correct.

– Je suis venu chez vous pour prévenir votre mari. Ouh là, doucement !

Il rattrapa de justesse la bouteille que Martha avait manqué de faire tomber.

– Le prévenir de quoi ?

– Il est en train de semer la pagaille au village. Il pourrait être en danger. Nom d'un chien, je le tuerais bien moi-même !

Dissimulée dans un rayon opposé, Jessie Currie écoutait avidement.

– Je ferais mieux de me dépêcher, fit Martha. Il va se demander ce que je fabrique.

– Je vous raccompagne, décida Clarry.

Des regards curieux les suivirent alors que Martha payait et qu'ils sortaient ensemble du magasin.

Plus tard ce soir-là, Hamish rentra contrarié de Braikie, un bourg avoisinant où il avait dû s'occuper d'une affaire de cambriolage. Le filet de bœuf Wellington que Clarry glissa sous son nez ne suffit pas à l'apaiser : à quoi bon avoir un agent, si celui-ci se fichait royalement des enquêtes en cours ? Mais il trouva Clarry changé. Son visage s'était durci.

– Alors, qu'est-ce que ça a donné avec Fergus ? demanda Hamish.

En lui racontant l'épisode, Clarry s'emporta :

– Il a encore levé la main sur sa femme. Je vais vous dire, monsieur, je suis à deux doigts de quitter les forces de l'ordre pour lui donner la correction qu'il mérite, à ce salaud.

Hamish n'en revenait pas : les yeux d'ordinaire si calmes de Clarry brillaient à présent d'une lueur furieuse, et surtout, il n'avait pratiquement pas touché à son assiette. Hamish se laissa aller contre le dossier de sa chaise et lança, avec un accent écossais plus chantant que jamais :

– Parmi tout ce qui pouvait arriver, Clarry, vous avez décidé de tomber amoureux de la femme de l'éboueur !

Clarry le fixa d'un air interloqué avant que son regard ne s'éclaire soudain, illuminant son visage joufflu.

– Alors c'est ça, l'amour, monsieur ?

– Oui. Sauf qu'elle est mariée, et que c'est un petit village, ici. Finissez votre assiette, mon vieux, et oubliez-la. J'irai moi-même m'occuper de Fergus demain.

– Qu'est-ce que vous allez faire ?

– J'ai mes méthodes, mon cher Watson.

Mais en réalité, Hamish se faisait un sang d'encre. La transformation de Clarry lui avait ouvert les yeux. Il lui fallait raisonner Fergus à tout prix. Et tant pis si, pour cela, il devait lui faire goûter un peu de ce qu'il infligeait à sa femme.

Le lendemain était un mercredi, jour de collecte, et le village de Lochdubh s'éveilla sans que les poubelles aient été ramassées. Par cette journée chaude et étouffante, les *midges*, ces petits moucherons écossais aux redoutables attaques en essaims, étaient sortis en masse.

S'il était fréquent que Fergus disparaisse, c'était bien la première fois qu'il manquait une journée de travail. Il était tellement détesté à présent que personne ne se posa de questions, à l'exception d'Hamish Macbeth – mais l'éboueur était sûrement ivre mort quelque part dans la lande, tout simplement.

Cependant, lorsqu'au soir tombant on n'avait toujours pas de nouvelles de lui, le malaise que ressentait Hamish s'accrut terriblement.

– Si quelque chose lui est arrivé, dit-il à Clarry d'un ton alarmé, nous ferions mieux de le découvrir sans tarder. Nous allons nous diviser. Allez voir au village, et moi, je vais sur la lande en quatre-quatre.

Clarry se mit en route. Également gagné par l'inquiétude, il interrogea les villageois les uns après les autres.

– J'espère bien qu'il y est passé, déclara Archie Maclean en s'interrompant dans la réparation de son filet de pêche. Et s'il est pas mort, je me ferai un plaisir de lui donner un petit coup de main.

Tout le monde semblait du même avis. Clarry longea le port en direction de l'hôtel en travaux, où s'activaient les ouvriers. Personne n'avait vu Fergus, mais l'un d'eux laissa entendre que le patron était arrivé. Curieux de rencontrer le nouveau propriétaire, Clarry pénétra dans le hall où deux hommes déballaient un énorme lustre en cristal.

– Le patron est dans le coin ? demanda-t-il.

– Dans le bureau, lui indiqua l'un des deux hommes en désignant une porte en verre dépoli.

Clarry traversa nonchalamment le hall et ouvrit la porte. Une femme mince à la chevelure rousse était assise derrière un ordinateur.

– Oui, monsieur l'agent ?

– Est-ce que le patron est là ?

– Puis-je connaître la raison de votre visite ?

– L'éboueur du village est porté disparu.

Un léger amusement vint dérider son beau visage :

– Pardonnez-moi, mais je ne vois pas en quoi Mr Ionides, qui vient tout juste d'arriver, serait susceptible de savoir quoi que ce soit à propos d'un éboueur.

La porte d'un second bureau s'ouvrit et un petit homme en bras de chemise apparut, rasé de près, avec d'épais cheveux bruns, des yeux d'un marron luisant et une liasse de papiers sous le bras. Une énergie étonnante se dégageait de lui. Son regard s'arrêta sur l'immense silhouette en uniforme de Clarry.

– Qu'est-ce qu'un policier fabrique ici ? demanda-t-il dans un anglais presque dépourvu d'accent.

– Je suis à la recherche de notre éboueur. Il a disparu.

– Et que voulez-vous que j'y fasse ?

– Je me disais que vous pourriez avoir entendu

quelque chose, monsieur, répondit Clarry en se balançant d'un pied sur l'autre avec embarras.

– Eh bien, non.

Sous les regards inquisiteurs de Ionides et de sa secrétaire, Clarry battit maladroitement en retraite.

– C'était juste au cas où, balbutia-t-il.

Ils continuèrent à le fixer en silence alors qu'il ouvrait la porte et s'éclipsait sans demander son reste. Ouf, pensa-t-il avec soulagement. Quelle drôle de paire !

Une fois dehors, il se rendit compte qu'il ne cessait de remettre à plus tard sa visite à Martha. Il craignait de trouver Fergus chez lui en arrivant au cottage. Les villageois avaient raison : le pauvre type méritait bien qu'on lui règle son compte. Un éboueur pas fichu de ramasser les poubelles ? Et qui, non content de sa négligence, envoie des mots odieux sur ces papiers verts ridicules ? Pas étonnant que les villageois se soient mis à le haïr ouvertement, même les plus charitables d'entre eux. Les impôts étaient assez lourds comme ça, ils n'allaient pas en plus payer pour un service non rendu.

Lorsque le cottage des Macleod fut en vue, Clarry accéléra le pas. Alors qu'il approchait, il considéra les gouttières cassées, la peinture cloquée autour des fenêtres, et commença à se lancer dans des réparations imaginaires.

Il frappa à la porte et attendit. Johnny lui ouvrit, son petit visage s'illuminant à sa vue.

– Maman est dehors, dans le jardin, lui dit-il.

Clarry retira son képi et suivit le garçon à travers le petit salon plongé dans la pénombre, où les plus jeunes regardaient la télé. Sûrement trop effrayés pour jouer dehors au cas où leur père reviendrait, songea-t-il.

Martha étendait le linge. Soulevées par une brise légère, des mèches de cheveux lui barraient le visage.

– Laissez-moi vous aider, s'empressa Clarry en lui ôtant un drap des mains. Des nouvelles de votre mari ?

– Aucune. C'est la première fois qu'il manque un jour de ramassage.

– Est-ce qu'il est en tenue de travail ? Avec ce vert, il serait facile à repérer.

– Non, il était en chemise blanche, veste et cravate. Il a récupéré sa bouteille et il est sorti.

En équipe, ils déployaient les draps puis les accrochaient au fil. Martha se passa la main sur le front :

– Mon Dieu, qu'il fait chaud !

– Vous et les enfants pourriez passer la journée dehors, avec ce beau soleil.

– C'est que Fergus pourrait revenir à tout moment. Mais je dois avouer que quand il fait beau comme ça, je regarde le loch parfois, et je me dis que ce serait bien d'aller faire du bateau avec les enfants, de prendre un peu l'air, dit-elle, les yeux perdus vers le rivage.

– Eh bien, après tout, qu'est-ce qui nous en empêche ? C'est le dernier drap.

– Oh, vous n'y pensez pas. Et si Fergus rentrait ?

– Vous direz que vous étiez partie à sa recherche avec moi. Oui, on y va. Allez chercher les enfants.

De nombreux regards indiscrets suivirent la petite procession que formaient Clarry, Martha et les enfants en route vers le quai.

– Qu'est-ce qui se passe ? demanda Jessie Currie qui guettait devant l'épicerie de Patel. Est-ce qu'ils l'ont trouvé, oui, est-ce qu'ils l'ont trouvé ?

– Ça m'étonnerait, répondit Nessie. J'entends le rire de Martha d'ici – c'est bien la première fois que je l'entends rigoler, d'ailleurs.

Les deux sœurs, lunettes épaisses étincelant au soleil, observaient Clarry qui s'était arrêté pour discuter avec Archie Maclean.

– Il lui donne de l'argent, dit Nessie. Les voilà qui montent dans la barque. Nom d'une pipe, c'est à croire que ce policier n'a rien de mieux à faire !

– La faute à qui ? À Hamish Macbeth, bien sûr. En moins de temps qu'il n'en faut pour le dire, il l'a corrompu. Corrompu !

Elles regardèrent d'un air désapprobateur Clarry pousser la barque puis sauter à l'intérieur, la faisant tanguer dangereusement. Il s'empara des rames et commença à diriger l'embarcation vers le centre du loch. Les enfants riaient aux éclats et Martha, le bébé dans les bras, regardait Clarry avec un sourire resplendissant.

– Il va y avoir du grabuge, fit Nessie. Souvenez-vous bien de ce que je vous dis là.

Hamish Macbeth mourait de chaud, de fatigue, et de soif. Il avait passé la journée entière sur la lande à la recherche de Fergus, en vain. Personne ne l'avait vu.

Sur le chemin du retour, il décida de faire un crochet par Tommel Castle. Le château avait été construit au XIXe siècle par un richissime brasseur adepte d'architecture gothique.

Il se gara et entra dans l'hôtel. Sortant du bureau, Priscilla vint à sa rencontre.

– Tu as l'air épuisé, lui dit-elle. Je t'offre quelque chose à boire ?

– Un grand verre d'eau pétillante bien fraîche ne serait pas de refus.

– Allons au bar, je t'apporte ça.

Hamish lui emboîta le pas. Elle portait une chemise en coton vert citron et un short couleur crème qui mettait en valeur ses longues jambes bronzées, le tout agrémenté de petites sandales à lanières. Un rayon de soleil tardif frappa l'une des fenêtres à meneaux et fit une auréole de ses cheveux dorés.

Priscilla commanda au serveur une eau gazeuse et un jus d'orange, et ils allèrent s'asseoir.

– Alors, qu'est-ce qui t'occupe, ces jours-ci ?

– Je recherche notre éboueur porté disparu.

– J'espère que tu le trouveras. Nous avons dû faire appel à un indépendant de Strathbane pour la collecte des ordures. Il est sûrement ivre à nouveau.

– Oui, en temps normal, c'est bien ce que je me dirais. Mais il a tellement tiré sur la corde ces dernières semaines, avec ses intimidations et son stupide uniforme, que tout le monde l'a pris en grippe – j'ai peur que quelqu'un ait perdu son sang-froid et lui ait assené un coup de trop.

– Tu te fais des idées, Hamish. Tu connais les habitants de Lochdubh. Toujours à maudire Fergus, mais si certains fermiers seraient capables de lui donner une bonne correction, personne n'irait jusqu'à l'assassiner.

Hamish but une longue gorgée et étira ses jambes.

– Ça fait du bien. Pour être honnête, Priscilla, je crains malgré tout que quelqu'un ne soit allé trop loin. C'est un mari violent. Si je m'étais retrouvé seul avec lui, j'aurais moi-même été tenté de lui montrer ce que ça fait, de se prendre une volée de coups.

– Ce n'est pas ton genre, Hamish !

– Lochdubh est un village tranquille, on s'entend tous bien. Alors les monstres en puissance comme lui, qui ne sont là que pour emmerder le monde, on s'en passerait volontiers.

– Quelqu'un m'a dit qu'il avait été comptable. Est-ce que c'est vrai ?

– Je crois bien que oui, quand il n'était pas encore complètement alcoolique. Ce soir, je ferai un rapport pour le commissariat de Strathbane, ainsi que pour la mairie. Il nous faut quelqu'un pour le remplacer.

– Ça ne va pas être facile à trouver.

– Oh, si, au contraire. Les fermiers ont tous un petit boulot à côté, surtout depuis que le prix du bétail a dégringolé. Callum McSween, sur la route de Braikie, est un bon gars, je suis sûr qu'il ne serait pas contre mettre un peu de beurre dans les épinards.

– En tout cas, ne t'en fais pas, Hamish. C'est l'ambiance morose installée par Fergus qui t'a fatigué comme ça. Et puis, avec cette chaleur, les poubelles empestent, ça nous tape sur le système.

– Bon, je ferais mieux d'y aller, dit-il en terminant son verre. Peut-être que Clarry a trouvé quelque chose.

– Comment ça va, d'ailleurs, avec lui ?

– Oh, toujours pareil : c'est un chic type, et un cuisinier épatant. Pour l'instant, ça me suffit bien. À part un cambriolage à Braikie et cette histoire d'éboueur, c'est plutôt calme, ces temps-ci.

Il se leva et ajouta :

– Vas-tu retourner à Londres bientôt ?

– Non, je vais rester un peu. Papa se fait un sang d'encre à cause du nouvel hôtel.

– *Aye*, je vois. Peut-être qu'on pourrait dîner ensemble, un de ces soirs ?

Priscilla fixa soudain son jus d'orange.

– Je te redirai. Un ami de Londres vient me rendre visite, il arrive demain.

Un ami, ou plutôt un prétendant, pensa Hamish en la voyant baisser la tête.

– Oui, tiens-moi au courant, répondit-il avant de s'en aller, abattu.

Il rentra au poste et gara la Land Rover dans la petite allée. Ce fut seulement lorsqu'il coupa le moteur qu'il l'entendit : de la musique disco à plein volume s'échappait de l'intérieur, si forte qu'elle faisait trembler les murs.

Au lieu d'entrer par la porte de la cuisine comme à son habitude, il fit discrètement le tour et espionna à travers la fenêtre du salon. Entouré d'enfants hilares, Clarry dansait comme un fou sous le regard amusé de Martha.

Hamish s'en alla sans les déranger. Il savait très bien que Clarry n'était pas censé faire venir des invités au poste de police sans permission, encore moins organiser une fête. En bon policier, Hamish aurait dû entrer et mettre un terme aux festivités.

Au lieu de quoi il longea le quai jusqu'au restaurant italien. Au plus profond de lui, il le savait : quelque chose de terrible s'était produit. Mieux valait laisser Martha s'amuser tant qu'elle le pouvait encore.

Nessie Currie emporta une chaise de cuisine jusqu'à la poubelle noire. Après l'avoir positionnée correctement, elle grimpa dessus, un sac rempli d'ordures à la main. Tant pis pour les bouteilles et les canettes, Fergus devrait se débrouiller – les boîtes de tri étaient pleines. Elle souleva le couvercle et eut un haut-le-cœur : quelle odeur épouvantable ! Elle laissa retomber le couvercle et s'accrocha à la poubelle, manquant de s'évanouir. Elle descendit de sa chaise et courut à la cuisine.

– Jessie ! Qu'est-ce que tu as mis dans la poubelle noire ? Ça empeste, c'est abominable.

– Les bouteilles, les papiers et tout ce qui ne rentrait pas dans les boîtes. Ça fait deux jours que je n'ai rien mis dedans, rien.

– Tu n'as pas jeté de restes ?

– Non, je les ai mis au compost, et j'en ai donné une partie à Mrs Docherty pour ses poules, bien sûr, pour ses poules.

– Bon, alors quelqu'un ne s'est pas gêné pour utiliser notre poubelle. Il y a quelque chose d'infect là-dedans, tu peux me croire.

– Appelle Hamish Macbeth. Oui, Hamish Macbeth.

– Je l'ai vu passer il y a une heure. Il est sûrement allé dîner chez l'Italien. Je vais le chercher. C'est son boulot, après tout, de s'occuper des saletés.

Hamish finissait tout juste son assiette quand Nessie arriva. Il écouta son histoire de poubelle nauséabonde et lui dit :

– Je vous rejoins chez vous tout de suite. Préparez-moi une torche, ça m'évitera d'avoir à repasser au poste.

Il paya son repas et sortit. Par cette chaude et douce soirée, une myriade d'étoiles scintillait sur les eaux noires du loch. En arrivant chez les Currie, il fit le tour de la maison et entra par la porte latérale. Nessie l'attendait, munie comme prévu d'une grosse lampe torche.

– Voyons un peu ce que vous avez là, fit Hamish en s'emparant de la lampe.

Il sentit son estomac se nouer à la seconde même où il souleva le couvercle : cette odeur, il ne la connaissait que trop bien.

Malgré sa grande taille, il grimpa tout de même sur la chaise et orienta le puissant faisceau lumineux vers le fond de la poubelle. Fergus Macleod braqua sur lui deux yeux sans vie. Hamish sortit un mouchoir de sa poche, en enveloppa sa main et souleva légèrement la tête inanimée. Une plaie béante lui barrait l'arrière du crâne. Soudain, un bourdonnement écœurant se fit entendre. De grosses mouches à viande étaient attirées par la lumière de la lampe. Il laissa retomber le couvercle et sauta à terre.

Nessie et Jessie, côte à côte devant la porte, le regardaient dans la pénombre.

– Qu'est-ce que c'est ? demanda Nessie.

– Fergus. C'est Fergus, là-dedans. Ne touchez à rien, mesdames. C'est un meurtre.

3

« [...] car tu es poussière, et tu retourneras à la poussière. »

Le Livre de la prière commune

Le soleil se leva dans un ciel immobile, pâle et laiteux. Les couleurs avaient déserté le paysage. Près du ruban de signalisation tendu devant le cottage des sœurs Currie, de petits groupes de villageois s'étaient attroupés et restaient là, pétrifiés dans l'atmosphère pesante.

Le visage de chérubin de Clarry était assombri par la tristesse, à des années-lumière des réjouissances de la veille. Hamish l'avait envoyé annoncer la terrible nouvelle à Martha. Elle avait reculé brusquement, sous le choc, les yeux écarquillés de terreur. Mrs Wellington, la femme du pasteur, avait accouru pour rester près d'elle dès qu'elle avait su. La nouvelle s'était répandue à travers Lochdubh comme une traînée de poudre.

Clarry aurait voulu parler à Martha, chasser la terreur qu'il avait vue dans ses yeux et qui ne semblait pas uniquement due à l'annonce de la mort de son mari. Un doute insupportable s'insinuait en lui : et si, complètement bouleversée, Martha s'imaginait que lui, Clarry, avait tué son mari ? Ou était-ce autre chose ? Et si c'était *elle*, la meurtrière ? Il secoua la tête, comme un taureau chasse les mouches qui le tourmentent. Quelle idée ridicule. Il se demanda où en était Hamish, au poste. L'inspecteur-chef Blair était sûrement arrivé, à présent.

Blair était le pire cauchemar d'Hamish. Ce gros balourd épais et vulgaire originaire de Glasgow avait pris le policier de Lochdubh en grippe, et ne s'en cachait pas. Flanqué de ses deux acolytes, les inspecteurs Anderson et MacNab, il s'était installé au bureau d'Hamish sans aucune gêne.

– Bon, d'après un premier interrogatoire auprès des habitants, il semble qu'il y ait eu une sacrée fiesta ici, hier soir, commença Blair.

– Je sais que c'est un poste de police, mais c'est aussi ma maison. Je fais la fête si je veux, se défendit Hamish.

– Sauf que ce n'est pas vous qui l'avez organisée, cette fête, je me trompe ? répondit Blair, une lueur de triomphe dans le regard. C'est ce gros paresseux qui vous sert d'agent. Et qui était là à guincher avec lui ? Je vous le donne en mille…

Martha Macleod ! Et pour couronner le tout, les voisins des Macleod ont entendu Clarry Graham crier à Fergus qu'il allait l'étrangler.

– Ces derniers temps, tout le monde au village voulait lui faire la peau. Ça ne veut rien dire, protesta Hamish.

– C'est ce qu'on va voir. Il n'empêche que ça fait de Graham un suspect. Alors grouillez-vous de me l'amener.

– Très bien, répondit Hamish en se levant.

– Très bien, qui ?

– Très bien, monsieur, fit-il avec lassitude.

Après la nuit blanche qu'il avait passée, il mourait de fatigue. Il se rendit au cottage des sœurs Currie.

– Blair veut vous voir, dit-il à Clarry.

– Pourquoi ?

– Pour l'instant, vous êtes le suspect numéro un.

– C'est ridicule !

– Peut-être, mais en attendant, dépêchez-vous d'y aller, qu'on en finisse.

Clarry tourna les talons alors que le médecin légiste, Mr Sinclair, apparaissait au coin de la maison.

– Alors, verdict ? lui demanda Hamish.

– On emporte le corps à Strathbane pour un examen plus poussé. Il a pris un sacré coup à l'arrière du crâne, avec un marteau ou quelque chose qui y ressemble.

– C'est arrivé quand ?

– Je ne peux pas encore me prononcer là-dessus.

Mais à vue de nez, je dirais que ça remonte à deux jours.

– Le crime pourrait-il avoir été commis par une femme ?

– Oui, facilement. Mais une femme bien bâtie. Même s'il n'était pas épais, il fallait de la force pour le mettre dans cette poubelle sans la renverser.

Deux hommes en combinaison blanche s'emparèrent du brancard où reposait le corps de Fergus enveloppé dans un sac mortuaire. Ils scrutèrent impatiemment le quai, puis l'un d'eux émit un sifflement strident. Une ambulance remonta lentement la route.

– Désolé, on prenait un café, fit l'un des deux ambulanciers.

Lui et son collègue sautèrent à terre et ouvrirent les portes arrière. Le corps fut soulevé à l'intérieur.

Le cœur d'Hamish se serra. Fergus avait été un homme abject, mais la franche indifférence avec laquelle il était ainsi bringuebalé faisait peine à voir.

Clarry n'avait jamais pensé à quitter la police. Pas une fois au cours de son existence tranquille. Mais ça, c'était avant de devenir la cible de l'inspecteur-chef Blair. Alors que celui-ci agitait sous son nez une liasse de rapports à propos de la fête de la veille et de la promenade en bateau, une rage nouvelle montait en lui. Lorsque l'inspecteur-chef marqua une courte pause afin de reprendre sa respiration, il en profita pour demander :

– Suis-je accusé de quelque chose, monsieur ?

– Pas encore.

– C'est du harcèlement policier.

– Quoi ? Ne dites pas n'importe quoi, vous êtes vous-même de la police.

– Je veux voir un avocat.

– Ne soyez pas stupide.

– J'ai emmené Mrs Macleod faire un tour sur mon jour de congé, répondit-il en espérant qu'Hamish appuierait ce mensonge. Je fais ce que je veux de mon temps libre. Si le pauvre homme s'est fait assassiner, ce n'est qu'une coïncidence.

– *Aye*, vraiment ? ricana Blair. Et que vous ayez menacé de le tuer, c'est une coïncidence aussi ?

– Je ne suis pas le seul, répondit Clarry avec aplomb. Il battait sa femme. Il était assez épouvantable pour mettre hors de lui n'importe quel homme normalement constitué.

– A-t-elle porté plainte ?

– Non, monsieur.

– Alors vous n'aviez pas à vous en mêler. Qu'en savez-vous, peut-être bien qu'elle avait mérité une bonne raclée. Vous êtes tous un peu cinglés, dans le coin.

– Cette remarque est offensante, répliqua Clarry en retrouvant soudain son calme. Je vais saisir le comité de protection contre les discriminations. Discrimination envers les habitants des Highlands. Insulte raciste. Et pendant que j'y suis, monsieur, j'en profiterai pour les informer de votre avis sur le fait qu'une femme puisse « mériter une bonne raclée ».

– Faites ça, et je vous fais virer de la police.

– Et quand j'en aurai fini avec vous, c'est *vous* qui vous serez fait virer !

Aussi perplexe que fou de rage, Blair dévisageait un Clarry désormais impassible. Le comité prendrait cet idiot au sérieux, c'était sûr. En plus des populations pakistanaises, indiennes, africaines et jamaïcaines, ils avaient récemment eu affaire à de nombreux cas très médiatisés d'Anglais résidant en Écosse qui s'étaient plaints de discrimination. Et pour peu que cette remarque à propos de Martha Macleod en vienne à éclater au grand jour…

– Écoutez, fiston, je suis peut-être allé un peu vite en besogne. Continuez donc les interrogatoires, au cas où quelqu'un aurait vu quelque chose.

Clarry sortit d'un pas raide et Blair poussa un soupir de soulagement. Il se tourna vers Jimmy Anderson et surprit un sourire moqueur sur les lèvres de l'inspecteur.

– Vous ! hurla-t-il. Dépêchez-vous d'aller trouver cette Mrs Macleod et de l'interroger.

Jimmy Anderson s'arrêta en chemin pour discuter avec Hamish, et lui raconta allègrement la confrontation.

– Tant mieux pour ce bon vieux Clarry, rigola le policier de Lochdubh, impressionné. Où est-ce que vous allez comme ça ?

– Interroger la veuve.
– Tenez-moi au courant de ce qu'elle vous dira, Jimmy.
– *Aye*, préparez la bouteille de whisky. Blair ne va pas traîner bien longtemps dans les parages, à mon avis.
– Il n'a pas encore rencontré Mrs Fleming, si ?
– Qui donc ?
– L'écolo de Strathbane qui a flanqué ce stupide uniforme à Fergus et ramené toutes ces poubelles au village. Elle devrait arriver d'un moment à l'autre.
– À plus tard, fit Jimmy en s'en allant.
Hamish sortit son portable de sa poche et téléphona à Callum McSween.
– Callum, êtes-vous au courant, pour l'éboueur ?
– *Aye*, j'ai entendu ça à la radio ce matin.
– Vous voulez le boulot ?
– Je serais pas contre arrondir mes fins de mois, Hamish, je ne vous dirai pas le contraire.
– Je vais vous envoyer une certaine Mrs Fleming, de la mairie de Strathbane. C'est elle qui embauche. D'après ce que j'ai compris, cette vieille bique veut faire de Lochdubh une sorte d'écovillage, juste pour avoir sa photo dans les journaux. Vous n'avez qu'à jouer le jeu. Racontez-lui que c'est une idée géniale.
– Je n'aurai pas besoin de porter le costume vert, dites ?
– Ça m'étonnerait qu'ils veuillent investir dans une nouvelle horreur. Je vais m'assurer qu'il soit enterré en même temps que Fergus.

– Merci, Hamish.

– Je ne vous promets rien.

Il raccrocha alors que Mrs Fleming roulait vers lui.

– J'ai appris la nouvelle, dit-elle en baissant sa vitre. C'est terrible.

– Ça, pour être terrible, ça l'est, répondit Hamish d'un ton grave. Et les ordures s'entassent un peu partout dans le village. Il faut que vous trouviez quelqu'un d'autre illico.

– Mais qui ?

– Il y a bien un fermier, à un kilomètre d'ici sur la route de Braikie, Callum McSween. Un bosseur, et écolo en plus. Il pourrait commencer dès aujourd'hui.

– Je veux le voir sur-le-champ.

Hamish lui indiqua la route, et elle lui demanda qui était en charge de l'enquête sur la mort de Fergus.

– L'inspecteur-chef Blair. Vous le trouverez au poste. Mais si j'étais vous, je passerais d'abord chez Callum.

Lorsque Mrs Fleming se gara devant chez lui, Callum McSween avait eu le temps d'enfiler une chemise blanche éclatante de propreté et un pantalon de flanelle repassé à la perfection. Sa femme, Mary, avait nettoyé le salon en vitesse et s'affairait dans la cuisine pour préparer le café.

Callum ouvrit. Très grand et bien bâti, il avait

le visage buriné et hâlé de ceux qui travaillent au grand air.

– Mrs Fleming, de la mairie de Strathbane, se présenta-t-elle. On m'a dit que vous seriez prêt à reprendre le poste de responsable environnement de Lochdubh.

Callum la fit entrer, feignant la surprise. Mary, tout sourire, apporta dans le salon de la fermette un plateau avec du café frais, des tasses et des sablés maison.

– Tout d'abord, j'aimerais savoir si vous comprenez ce que j'essaie de mener à bien ici à Lochdubh, commença Mrs Fleming lorsque le café fut servi.

– Il me semble que vous voulez faire de Lochdubh un exemple, répondit Callum en se penchant vers elle, très sérieux. Si cela fonctionne, Lochdubh pourrait être cité dans le journal ou passer à la télévision, et inspirer d'autres villages. Et là-dessus, je peux vous assurer que vous avez tout mon soutien. Rien de plus plaisant qu'un endroit bien propre.

Mrs Fleming lui sourit. Il ferait bel effet à l'écran, se dit-elle en l'examinant.

– Il s'agirait également de porter un uniforme, Mr McSween.

Callum réprima un frisson.

– Justement, madame, à propos de ça… Je viens d'y penser, et je trouve qu'une salopette blanche irait très bien. Ce serait moins cher, en plus, parce que l'uniforme du pauvre Fergus a dû coûter un paquet. Mais une salopette blanche, ça en jette.

– Je vais y réfléchir. Je vous verrais bien en blanc, oui.

Tout en méditant sur cette proposition, elle imaginait déjà les caméras se précipiter. Elle forma un rectangle avec ses mains et l'étudia à travers ce cadrage imaginaire.

– Quand pourriez-vous commencer ?

– Dès maintenant.

– Bien. Je vais demander au policier de Lochdubh de vous donner les clés du camion. Et à propos du salaire…

Les yeux du fermier se mirent à briller lorsqu'il apprit le montant. Comment un éboueur pouvait-il gagner autant ? La banque, où il avait rendez-vous le lendemain matin, exigeait le remboursement de son prêt, et il était terrifié à l'idée de devoir vendre sa ferme.

Ils discutèrent amicalement des détails et Mrs Fleming prit congé. Mary, qui avait entendu combien son mari allait toucher, se retint de justesse de faire une révérence alors que la responsable environnement effectuait une sortie majestueuse.

Callum appela Hamish sur son portable et hurla dans le combiné :

– J'ai le boulot, Hamish !

En éloignant le téléphone de son oreille, le policier répondit :

– Si c'est pour crier comme ça, pas besoin de m'appeler, Callum, je vous aurais entendu d'ici.

– C'est incroyable, Hamish. Si jamais je peux faire quelque chose pour vous, surtout, dites-moi.

– Gardez juste l'œil ouvert, et téléphonez-moi si vous avez quelque chose d'intéressant.

– Comptez sur moi. Oh, et j'ai besoin des clés du camion.

– J'irai les chercher. Passez au poste cet après-midi.

Il était désormais inutile de rester devant chez les Currie. Le corps avait été emmené, la poubelle enveloppée de plastique et emportée.

Hamish se dirigea vers chez Martha et rencontra Jimmy en route.

– Alors, qu'est-ce que ça a donné ? lui demanda-t-il.

– Pas grand-chose. Mrs Macleod s'est mise à pleurer, et cette grosse dame avec une robe en tweed, Mrs Wellington, m'a envoyé promener. Non, mais qui porte du tweed par ce temps ?

– Mrs Wellington.

– Et vous, vous en êtes où ?

– Je vais récupérer les clés du camion-poubelle. La police scientifique n'en a pas besoin, au moins ?

– Non. D'après les voisins, la benne n'a pas bougé d'un pouce.

– Bien. Passez plus tard, quand vous vous serez débarrassé de Blair.

– Il n'en veut pas, de cette enquête, Hamish.

Il était sur une affaire de trafic de drogue, et il n'attend qu'une chose, s'y remettre.

– On n'a plus qu'à espérer qu'il le fasse avant d'avoir arrêté tous les habitants de ce village.

Hamish reprit sa route et aperçut Mrs Wellington qui descendait le chemin. Il bondit derrière une haie et ne sortit de sa cachette qu'après l'avoir vue s'éloigner. Puis il se dirigea vers le cottage. Respectant la tradition, Martha avait soigneusement tiré tous les rideaux. Il frappa : pas de réponse. Après quelques minutes, il essaya de nouveau. Il finit par appuyer sur la poignée. La porte s'ouvrit, et il appela :

– Mrs Macleod ?

– Allez-vous-en ! cria une voix de petit garçon.

– C'est moi, Hamish Macbeth.

Johnny apparut.

– Oh, c'est vous, Mr Macbeth. On a eu plein de journalistes.

– Ta maman est là ?

– Entrez.

Hamish pénétra dans le salon, où il trouva Martha assise les yeux dans le vide, le bébé sur les genoux. Hamish enleva son képi et s'assit près d'elle. Johnny rejoignit ses frères sur le canapé. La pâleur de leurs petits visages contrastait avec l'obscurité ambiante.

– Je sais que c'est un signe de respect de tirer les rideaux, commença Hamish avec douceur, mais ce n'est pas idéal pour les enfants. Ça vous dérange si je les ouvre un peu ?

– Faites ce que vous voulez, murmura Martha.

Hamish ouvrit les rideaux d'un coup sec, puis sortit un billet de cinq livres de son portefeuille, qu'il tendit à Johnny :

– Emmène tes frères chez Patel et achetez-vous des glaces. Prenez le petit avec vous. C'est pas bon, de rester enfermés ici. Et pas un mot aux journalistes.

Johnny se tourna vers sa mère, qui acquiesça. Il lui prit le tout-petit des bras et les enfants s'éclipsèrent.

Hamish étudia le visage livide de Martha, ses yeux emplis de terreur, et dit :

– Vous devez vous sentir terriblement coupable.

– Je ne l'ai pas tué !

– Mais vous vouliez qu'il disparaisse. Pas de cette façon, je sais bien, mais quand même. Alors vous êtes soulagée, tout en ayant honte de l'être. Vous mourez de peur que l'assassin, qui que ce soit, décide de s'en prendre à vous – ça n'arrivera pas. C'est Fergus qui a semé la pagaille dans ce village, pas vous. Et ne vous en faites pas pour Clarry : quand il n'était pas avec moi, il était soit avec vous, soit à la vue de tout le village. Bon, pouvez-vous vous rappeler exactement ce qui s'est passé le soir où Fergus a disparu ?

– Il a reçu un coup de téléphone, et après il était excité comme une puce.

– D'accord, c'est un bon début. On va vérifier la provenance de l'appel. C'était à quelle heure, à peu près ?

– Vers dix-huit heures. Il m'a ordonné d'aller lui acheter du whisky. J'ai protesté, je n'ai pas pu m'en empêcher. C'est qu'il travaillait, le lendemain ! Mais il m'a envoyée sur les roses. Il a dit qu'être éboueur, c'était pas une vie. J'ai croisé Clarry en allant chez Patel. On a discuté un peu et puis je suis rentrée avec le whisky. Après avoir vidé deux verres, Fergus est sorti avec la bouteille dans la poche. Il est sûrement allé quelque part au village, parce qu'il était à pied.

– *Aye*, d'habitude, quand il se mettait à boire, il allait sur la lande, votre mari. Pourquoi serait-il allé au village ?

– Je pense qu'il avait un rendez-vous.

– Pourquoi ?

– Il avait mis une chemise blanche toute propre, une cravate, et sa veste. Ça, ses chemises blanches, il fallait toujours qu'elles soient impeccables. Donc, à mon avis, quelqu'un l'a sûrement aperçu, même s'il faisait déjà sombre.

– Quand vous avez vu qu'il ne rentrait pas, vous ne vous êtes pas inquiétée ?

– Non. Il disparaissait toujours plusieurs jours quand il se mettait à boire.

– Mais vous pensiez qu'il avait rendez-vous.

– Vous ne comprenez donc pas ? explosa Martha. J'étais tellement contente qu'il soit parti, moi, que je n'ai pas cherché plus loin ! C'étaient les seuls moments où j'avais la paix – quand il fichait le camp.

– Est-ce qu'il recevait souvent des coups de téléphone ?

– Non. Il n'était pas très apprécié, au village.

– Bon. Ça ira pour l'instant.

Hamish scruta le cottage sinistre.

– Ses affaires ont-elles été fouillées ?

– Oui, les inspecteurs sont venus. Ils cherchaient des lettres et des papiers, mais ils n'ont rien trouvé.

– Je vais demander à ce qu'on vienne vous aider à trier tout ça. Mieux vaut se débarrasser des mauvais souvenirs.

– Merci.

Hamish la salua et rentra au poste de police. Là, dans la cuisine, il trouva Clarry assis avec le bébé de Martha sur les genoux, les plus grands attablés autour de lui occupés à déguster des glaces. Hamish s'adressa à Johnny :

– Rentrez vous occuper de votre mère, tous les trois. Elle doit se demander où vous êtes passés, et j'aimerais éviter qu'elle se fasse harceler par les journalistes.

Clarry déposa le petit dans son landau. Il voulut les accompagner, mais Hamish le lui interdit. Une fois les enfants partis, il le houspilla :

– Clarry, vous avez causé assez de grabuge comme ça. Laissez-la un peu tranquille, cette pauvre femme.

– Mais elle a besoin d'aide !

– Je vais lui en trouver, de l'aide. Bon, pour l'instant, il faut que je passe un coup de téléphone.

Il se rendit dans le bureau et composa le numéro de la P.J. de Strathbane. Il demanda Blair mais, à sa plus grande surprise, ce fut le commissaire Peter Daviot qui lui répondit.

– Je voulais parler à Mr Blair, commença Hamish.

– Il se trouve que j'étais dans le bureau des inspecteurs quand le téléphone a sonné. Il n'y a personne, ici. Que se passe-t-il ?

– Je suis allé voir Martha Macleod, la veuve de l'éboueur.

Il lui raconta leur entrevue et ajouta :

– Donc je me disais que la P.J. pourrait tracer cet appel directement.

– Bon travail, Hamish. Je transmets à Blair.

Dans la cuisine, Clarry sortait un bœuf bourguignon fumant du four.

– Ça sent bon, dit Hamish. Mais je dois filer. En attendant d'avoir des nouvelles de Blair, autant commencer à interroger tout le monde au village. Même ceux à qui on a déjà posé des questions. On s'y met dès que je reviens.

Il se rendit chez le docteur Brodie et frappa à la porte de la cuisine. Ce fut Angela, sa femme, qui lui ouvrit.

– Oh, entrez, Hamish. Quelle horreur, pour Fergus.

Il la suivit à l'intérieur.

– C'est de Martha que je voulais vous parler, répondit-il. Je me disais qu'avec d'autres voisines, vous pourriez peut-être lui donner un coup de main pour débarrasser les affaires de Fergus.

– J'avais prévu de le faire, justement. Vous feriez bien d'aller voir les sœurs Currie.

– Pourquoi ? Le meurtre les a chamboulées ?

Angela repoussa une mèche de cheveux de son visage aux traits fins.

– Ce n'est pas ça, Hamish. C'est à propos de Clarry.

– Eh bien quoi, Clarry ?

– Chez Patel, le soir même où Fergus a disparu, Jessie l'a entendu dire qu'il voulait le tuer. Les voisins de Martha aussi l'ont entendu il y a quelque temps. Vous feriez bien de les faire taire.

– Clarry s'est déjà fait cuisiner par Blair et, croyez-le ou non, il a réussi à le remettre à sa place. Bon, en parlant de rabattre le caquet de quelqu'un, vous avez raison : je ferais mieux d'aller voir les Currie.

– Pardon ? s'écria rageusement Nessie Currie. Nous, faire des commérages ? Je me disais bien aussi qu'un petit paresseux comme vous ne prendrait pas la peine de venir nous voir juste pour savoir comment on allait.

– Voici la situation, répondit Hamish avec sévérité. C'est moi qui ai envoyé Clarry chez Martha

Macleod pour qu'il s'occupe d'elle. Quand il n'était pas avec elle, il était avec moi.

– C'est ça ! gronda Nessie, et pourquoi est-ce qu'elle aurait besoin qu'on s'occupe d'elle ?

– C'était avant la mort de Fergus. Il la battait.

– La battait ? répéta Jessie. Mais elle disait toujours qu'elle était maladroite, qu'elle était maladroite.

– Eh bien, la vérité c'est qu'il la battait et qu'elle a besoin de soutien, la malheureuse. Angela Brodie rassemble un groupe de femmes au village pour l'aider à débarrasser les affaires de Fergus.

– Et j'imagine que vous voulez qu'on participe ? demanda Nessie.

– Ce serait un acte de charité.

– Mais je l'ai bien entendu, Clarry Graham, dire qu'il allait tuer Fergus, tuer Fergus ! s'exclama Jessie.

– Mais enfin, la moitié du village a sûrement dit la même chose.

– Et il la battait, vraiment ? s'étonna Nessie.

– Ça, c'est certain. Imaginez-vous un peu ce qu'était sa vie, mesdames.

– Donc elle doit être bien contente qu'il soit mort.

– Mort, répéta sa sœur.

– Ça m'étonnerait qu'elle se réjouisse de sitôt. Pour l'instant, elle est surtout rongée par la culpabilité, la colère et le remords. Et elle doit se faire un sang d'encre à propos de l'argent.

– Elle n'a qu'à prendre un travail, c'est ça, un travail, intervint Jessie.

– Je ne vois pas comment, avec quatre enfants à la maison.

– Eileen, qui travaille au Tommel Castle Hotel, s'arrange avec ses collègues. Elles se relayent, celle qui ne travaille pas s'occupe des enfants des autres, fit Nessie.

– Je vais me renseigner. Alors, allez-vous l'aider ?

– Oui, répondit Nessie. Mais si plus de femmes restaient célibataires comme nous, ça éviterait bien des misères. Au fait, la nouvelle institutrice arrive dans deux jours. J'espère que vous n'allez pas lui courir après comme vous l'avez fait avec la précédente.

– Bonne soirée, la rabroua Hamish avant de se retirer.

Maisie, l'ancienne institutrice, n'avait pas voulu revenir. Hamish se demanda comment serait la nouvelle. Puis il se souvint de l'ami de Priscilla, qui était sûrement déjà arrivé, à présent. Si seulement j'avais une amie femme, pensa-t-il, pour lui montrer que je m'en fiche, désormais, de ce qu'elle fait et de qui elle invite.

Il ne résista cependant pas à la curiosité et retourna prendre la Land Rover pour se rendre au château. Mais juste avant de démarrer, il entendit Lugs gratter à la porte de la cuisine. Il descendit en soupirant et alla lui ouvrir.

– Allez viens, bonhomme. Je t'ai un peu délaissé, ces derniers temps.

En se relevant après avoir mis le chien en laisse, il remarqua qu'une assiette vide trônait sur la table de la cuisine, accompagnée d'un mot. C'était Clarry : « Je vous ai entendu arriver, alors je vous ai fait une assiette. »

Hamish regarda Lugs qui se léchait les babines, tête baissée.

– Tu t'es bien rempli la panse, sale bête !

Lugs le fixait, une lueur implorante dans ses étranges yeux bleus.

– Allez, on y va, dit Hamish, agacé. Mais si tu continues, tu vas finir aussi gros que Clarry.

Il souleva le chien pour le mettre sur le siège passager, se remit au volant et démarra.

Ils arrivèrent à Tommel Castle en moins de cinq minutes. Le parking était plein. Avec Lugs en laisse, il pénétra dans le hall. Après avoir jeté un œil au bar, il battit aussitôt en retraite : c'était rempli de journalistes. L'un d'eux tentait de faire tenir un verre de whisky en équilibre sur son front, sous les encouragements des autres. Hamish trouva Priscilla dans la salle à manger, attablée en compagnie d'un homme grand et séduisant. Elle lui fit signe de les rejoindre dès qu'elle l'aperçut.

Son compagnon, Jerry Darcy, était un publicitaire aimable et charmant. Mais la vue de ce policier dégingandé à la tignasse flamboyante, promenant de surcroît un drôle de chien aux grandes oreilles et aux yeux bleus, eut raison de sa retenue, et il fut saisi d'un irrépressible fou rire.

– Jerry, je vous en prie, le reprit Priscilla. Voici Hamish Macbeth, le policier de Lochdubh. Hamish, Jerry Darcy.

Jerry essuya des larmes de rire et se leva courtoisement.

– Il y a quelque chose de drôle ? demanda Hamish.

– Pardonnez-moi, dit Jerry avec un large sourire. C'est juste vous et votre chien.

– Et qu'est-ce qu'il a, mon chien ?

– Disons qu'il a une apparence… originale. Il faut le reconnaître.

– Je vois pas ce qu'il a de si original ! répondit Hamish avec un accent écossais à couper au couteau, furieux parce qu'il se sentait ridicule, mais aussi parce qu'il ne pouvait que constater le charme et l'élégance de son rival.

Lugs, sensible à la rage de son maître, mordit dans un coin de la nappe et se mit à tirer. Deux verres de vin et deux assiettes pleines valdinguèrent.

– Lugs ! cria Hamish, rouge comme une pivoine. Je suis désolé, Priscilla. Je le fais sortir immédiatement. Je t'appelle demain.

Hamish traîna Lugs dans le hall, où ils se retrouvèrent encerclés de journalistes. Pour toute réponse à la pluie de questions qui s'abattit sur lui, il lança juste avant de parvenir à s'échapper :

– Appelez l'inspecteur-chef Blair à Strathbane.

De retour dans le quatre-quatre, il resta immobile quelques instants. Qu'est-ce qu'il avait pu être bête, de perdre son calme ainsi. Satané Lugs ! Le chien laissa échapper un gémissement pitoyable, et son maître caressa son poil rugueux.

– C'était pas ta faute, mon grand. Ça ne se fait pas, de se moquer des gens de cette façon.

Le lendemain matin, Hamish bondit hors du lit à la première sonnerie du réveil et alla secouer Clarry.

– Filez chez les sœurs Currie et demandez-leur à nouveau leur version des faits. Plus j'y pense, plus je me dis qu'elles ont forcément remarqué quelque chose, étant donné qu'elles passent leurs journées à la fenêtre à épier derrière leurs voilages. De mon côté, je vais voir le pêcheur. Blair ne va pas tarder à arriver, alors on ferait mieux de se dépêcher. D'après ce que j'ai compris, vous avez réussi à éviter d'être arrêté. Comment avez-vous fait ?

Clarry lui raconta tout, et Hamish se mit à rire sans pouvoir s'arrêter.

– Mon vieux, j'aurais bien voulu voir la tête de Blair quand vous l'avez menacé de le dénoncer au comité de protection contre les discriminations. Bon, allons-y.

Il rencontra Callum McSween sur le chemin du quai, fin prêt pour son premier jour de travail. Il lui donna les clés du camion et le fermier se mit en route. Hamish trouva Archie assis sur la digue, la mine abattue.

– Nulle part où boire un verre ? demanda Hamish, sachant que le pêcheur avait pour habitude d'aller au bar de Lochdubh après sa nuit de travail.

– Le Grec a racheté le bistrot, répondit Archie. Tout ça pour en faire une boutique de souvenirs. Donc je me retrouve dehors, où ma femme peut me voir, en plus.

– Archie, vous n'aimiez pas beaucoup Fergus, je me trompe ?

– Ça, c'est sûr, et personne l'aimait d'ailleurs. Surtout depuis qu'il avait dégoté ce stupide uniforme et commencé à faire la loi partout. Mais personne lui aurait fait de mal, Hamish. Vous le savez bien.

– Avez-vous entendu quelque chose ? Est-ce que quelqu'un l'a vu ?

– Eh bien, il y a quelque chose de bizarre. Quelqu'un au village l'aimait bien.

– Qui donc ?

– Josie Darling.

– Josie ? Elle est sur le point de se marier.

– *Aye*, elle a même pris des jours de congé.

Le cerveau d'Hamish fonctionna à toute allure : la petite Josie ? C'était une jeune fille du village aux manières un peu aguicheuses, qui habitait avec sa mère dans un cottage en surplomb du nouvel hôtel.

– Je vais passer la voir.

En marchant vers chez Josie, il leva les yeux vers le ciel d'un bleu crémeux ; un fond d'humidité pointait cependant dans la brise qui lui caressait la joue. La pluie est pour bientôt, pensa-t-il.

Il passa en revue ce qu'il savait déjà à propos de Josie. Elle travaillait dans une banque à Strathbane, et venait de se fiancer à un garçon d'Inverness. Son père était mort, et sa mère était femme de ménage au Tommel Castle Hotel. Après le mariage, elle irait vivre à Inverness. Une grande cérémonie était prévue à l'église de Lochdubh, à laquelle le village entier était invité, selon la tradition des Highlands. Le mariage était pour dans deux semaines.

Il frappa à la porte du cottage et observa les alentours en attendant qu'on lui ouvre. Plus bas, sur le quai, Callum McSween s'affairait dans sa salopette blanche.

Josie ouvrit la porte. De petite taille, elle avait les cheveux décolorés et de grands yeux légèrement protubérants qui lui donnaient un air de bouledogue. Elle portait une minijupe, dévoilant ses grosses jambes, et un chemisier très décolleté. Elle écarquilla les yeux à la vue d'Hamish.

– Qu'est-ce qu'il y a ? demanda-t-elle vivement.

– Est-ce que je peux entrer ?

Elle s'écarta à contrecœur et le conduisit dans le salon. Sur la table basse étaient étalés de nombreux magazines féminins, *Brides*, *Your Wedding*, *Hair and Beauty*.

– En pleins préparatifs pour le mariage ?

– Oh, oui, oui. Mais je ne me marierai pas à Lochdubh.

– Pourquoi ? Tout le monde avait hâte de venir à la fête.

– Murdo préfère qu'on se marie à Inverness.

– Murdo étant votre fiancé ?

– Oui.

– Je croyais qu'on célébrait toujours les mariages dans la commune de la mariée.

– Oui, mais moi je n'ai que maman. Murdo a une grande famille, donc c'est plus logique de l'organiser à Inverness. De toute façon, j'en ai par-dessus la tête de cet endroit.

– Vous parlez de Lochdubh ?

– Bien sûr !

– Pourquoi ça ?

– C'est tellement... provincial.

Josie Darling, l'incarnation de la sophistication, ironisa Hamish en son for intérieur.

– Enfin bref, dit-elle, c'est pour ça que vous êtes venu ? Pour me parler du mariage ?

– Non, c'est à propos de Fergus.

– L'éboueur ? Eh bien, qu'est-ce qu'il y a ?

– Il me semble que vous vous entendiez plutôt bien avec lui.

– Oh, pas plus que ça. Je lui offrais le thé de temps en temps. Au moins, comme ça, il ramassait nos ordures.

– Vous l'aimiez bien ?

Elle prit de nouveau un air de *grande dame*[1] :

1. En français dans le texte. *(N.d.T.)*

– Ce n'était que l'éboueur, vous savez. Je bavarde aussi parfois avec le postier.

– Donc, que pouvez-vous me dire sur lui ? Avait-il l'air d'avoir peur de quelque chose ? Avait-il mentionné le nom de quelqu'un qui aurait pu lui en vouloir ?

– Non. Il disait juste que c'était tous des saligauds et qu'il les détestait. Il n'a jamais parlé de quelqu'un qui l'aurait détesté, lui.

– Bon, si jamais vous vous souvenez de quelque chose, appelez-moi, répondit-il en prenant congé.

Mais alors qu'il redescendait le chemin, il en fut certain : elle mentait. Quelque chose clochait. Il décida de la laisser croire qu'elle était tranquille avant de revenir la cuisiner de nouveau. Il passerait aussi voir Mrs Darling au Tommel Castle Hotel.

En retournant au poste récupérer sa Land Rover, il tomba sur l'inspecteur-chef complètement hors de lui. Blair pointa du doigt sa jambe de pantalon :

– Regardez ce qu'a fait votre clébard ! hurla-t-il.

– Vous êtes entré ?

– Oui !

– Alors ne soyez pas étonné. Lugs est un chien de garde, vous savez.

– Vous allez me le payer !

Blair était d'une humeur exécrable. Peter Daviot l'avait appelé pour lui rapporter l'excellent interrogatoire qu'Hamish avait mené chez Mrs Macleod – bien meilleur que celui de Jimmy Anderson. Sur quoi Blair était allé voir son supérieur avec la ferme intention d'exiger la mise à l'écart d'Hamish dans cette affaire. À la place, il s'était entendu répondre que le policier de Lochdubh devait désormais être mis au courant de toutes les avancées.

– J'ai un interrogatoire à mener, dit Hamish en grimpant dans son quatre-quatre.

Il démarra, sous le regard furieux de Blair. Près du quai, il reconnut le visage rusé de Jimmy Anderson, s'arrêta et baissa sa vitre.

– Je pensais que vous alliez passer me voir, fit-il.

– Je suis venu hier soir, mais il n'y avait personne, à part votre chien qui s'enfilait un truc sur la table de la cuisine.

– Oui, mon dîner, soupira Hamish.

– Et voilà qu'il a déchiré le pantalon du patron. Où allez-vous comme ça ?

– Passez me voir tout à l'heure, je vous raconterai.

– Préparez le whisky !

Hamish redémarra et se rendit à l'hôtel. La première personne qu'il vit fut Jerry Darcy, qui lui adressa un chaleureux signe de la main. Hamish lui lança un regard noir puis, regrettant sa mesquinerie, descendit de son véhicule pour discuter avec lui. Mais le publicitaire s'éloignait déjà au volant de sa voiture.

Dans le bureau, Mr Johnson, le gérant de l'hôtel, était occupé à faire les comptes.

– Qu'est-ce qui vous amène, Hamish ?

– Je cherche Mrs Darling.

– Heather Darling ? Ne me dites pas qu'elle fait partie des suspects ?

– Non, du tout, je veux juste lui dire deux mots.

– Elle a bientôt terminé. Servez-vous un café, je vais vous la chercher.

Hamish se servit et ressentit soudain une cruelle envie de fumer, alors qu'il avait arrêté depuis des années.

La porte s'ouvrit sur Heather Darling, un tablier dans ses mains rougies et asséchées par le travail, qu'elle tortillait nerveusement. Son visage rose et rond était encadré de cheveux grisonnants.

– Asseyez-vous, lui dit-il.

– Que se passe-t-il ? C'est Josie ?

– Non, tout va bien. Je voulais juste vous poser quelques questions à propos de Fergus.

– L'éboueur ?

– Oui. Il semble que lui et votre fille étaient en bons termes.

Avant même qu'elle n'ouvre la bouche, il sut qu'elle allait répéter mot pour mot la même histoire que Josie. Mais contrairement à sa fille, qui avait les nerfs solides, Heather Darling avait du mal à dissimuler sa crainte. Il fut tenté de procéder à la Blair : l'accuser de mentir et tenter de la faire craquer. Mais il pressentait qu'elle s'en tiendrait à sa version coûte que coûte. Elle protégeait sa fille, c'était sûr. Hamish essaya de la mettre à l'aise en lui demandant comment se déroulaient les préparatifs du mariage.

– Très bien, répondit-elle sèchement. Qu'est-ce que ça a à voir avec le meurtre ?

– Rien. Écoutez, si jamais quelque chose vous revient…

Les traits ronds du visage d'Heather se durcirent.

– … vous savez où me trouver. Je repasserai vous voir.

– Pour quoi faire ?

– Pour parler du meurtre. Pensez-y.

Il quitta Tommel Castle en se demandant où en était Clarry.

Clarry, justement, aurait donné n'importe quoi pour être ailleurs que dans le cottage des sœurs Currie, cerné par leurs deux regards mauvais que des verres épais agrandissaient.

– J'aimerais juste savoir si vous vous souvenez de quelque chose d'autre, insista Clarry.

– Et nous, fit Nessie d'un ton sévère, on aimerait bien savoir ce qu'un agent de police comme vous fabriquait avec une femme mariée.

– Une femme mariée, murmura Jessie comme un perroquet.

– J'obéissais aux ordres de mon supérieur, répondit Clarry en rougissant. Le mari de Martha Macleod la battait. Le sergent Macbeth voulait que je l'encourage à porter plainte.

– Et cela impliquait-il forcément de l'emmener en promenade sur un bateau et de transformer le poste de police du village en boîte de nuit ?

– Simple geste de gentillesse envers une famille qui en a bien besoin. Désolé si cela vous paraît bizarre, à vous, mesdames.

– Nous n'oublions pas notre devoir, rétorqua Nessie. Nous allons l'aider à débarrasser sa maison.

– Très bien, on peut passer à autre chose, alors. D'après le sergent Macbeth, vous avez un sens de l'observation drôlement aiguisé, toutes les deux. Avez-vous remarqué quelque chose d'étrange le soir où Fergus a été tué ?

– Quand était-ce exactement, exactement ? demanda Jessie.

Clarry s'efforça de garder son calme.

– La veille du soir où vous l'avez trouvé dans la poubelle.

Les deux sœurs échangèrent un regard, et Nessie commença :

– C'était une soirée tranquille. Josie Darling est passée devant chez nous...

– À quelle heure ?

– Vers vingt heures. Elle avait bien de la peine à avancer, avec ses stupides talons aiguilles. Moi, si j'avais des guibolles comme ça, je m'arrangerais pour les cacher.

Nessie regarda avec complaisance les deux brindilles qu'elle avait à la place des jambes.

– Avant ça, reprit elle, il y a eu Mrs Docherty, qui habite juste à côté. Elle a marché jusqu'au rivage et a regardé vers le large un moment. Puis elle est rentrée. Mrs Wellington, la femme du pasteur, est passée aussi, sûrement pour se rendre à l'école. Elle prépare l'arrivée de la nouvelle institutrice. Mais c'était plus tôt, vers dix-huit heures.

– Vous n'avez rien entendu de bizarre ?

D'un même mouvement, elles secouèrent leurs casques de cheveux permanentés.

– Bon, eh bien, si vous pensez à quelque chose, faites-le-moi savoir.

Clarry regagna le quai, où il fut arrêté par Angela Brodie, la femme du médecin.

– Est-ce que vous pourriez me rendre un petit service ? lui dit-elle. Avec d'autres femmes du village, nous voulons aider Martha à débarrasser les affaires de Fergus. Mais on a peur de la brusquer en y allant trop tôt. Ça vous dérangerait de lui en toucher un mot, puisque vous êtes amis ?

Le visage joufflu du policier s'illumina : enfin une excuse légitime pour rendre visite à Martha !

– J'y vais tout de suite, s'écria-t-il en la saluant.

Il fit demi-tour et se rendit chez Martha d'un pas léger. Elle et les enfants étaient à l'intérieur. La télévision allumée diffusait une lueur tremblotante dans un coin du salon. Des cernes noirs et profonds sous les yeux, Martha semblait avoir encore perdu du poids. Ses vêtements pendaient sur son corps amaigri.

– Avez-vous mangé ? demanda Clarry.

– Nous n'avons pas très faim.

– Alors ça, pas question, répondit-il. Les enfants

et vous, il faut que vous repreniez des forces. Allez, on se prépare. Nous allons déjeuner au restaurant italien. C'est moi qui invite.

Les visages des enfants s'éclairèrent, mais Martha hésita :

– C'est qu'il y a le petit.

– Mettez-le dans son landau. On l'emmène avec nous.

– Ça risque de les embêter. En plus, je ne suis pas du tout habillée pour sortir.

– Ce n'est pas le Ritz, non plus. Allez, on y va.

Willie Lamont, ancien agent d'Hamish et à présent serveur au restaurant, protesta lorsqu'il les vit soulever le landau où dormait l'enfant pour le faire entrer dans le restaurant.

Le prenant à part, Clarry lui expliqua dans un chuchotement farouche :

– Épargnez-nous vos protestations. Ils ont tous besoin d'un bon repas. Cette pauvre femme reste cloîtrée dans son cottage miteux. Prenez un peu exemple sur les habitantes de Lochdubh, qui ont prévu de l'aider à nettoyer. Vous aussi, vous pourriez faire un effort.

– Nettoyer ? répondit Willie, dont les yeux pétillaient à présent d'une ferveur quasi religieuse. En matière de ménage, personne ne m'arrive à la cheville. Avez-vous essayé ce nouveau détachant, Green Lightning ? Bigre ! Une pure merveille contre la graisse.

Et avant que Clarry ait pu l'en empêcher, il se précipita vers Martha :

– À ce qu'il paraît, vous avez besoin d'aide pour une mission de nettoyage. Dites simplement le jour et l'heure, et je serai votre homme.

Martha se tourna vers Clarry :

– Qu'est-ce que c'est que cette histoire ?

– Angela Brodie et d'autres voisines se disaient que ça vous ferait du bien d'avoir du monde pour débarrasser les affaires de votre mari. Mais peut-être que c'est trop tôt…

– Non, ça me va très bien. Elles peuvent venir quand elles veulent. Un peu d'aide ne sera pas de refus.

Mr Ferrari les rejoignit.

– Ah, Mrs Macleod, dit-il. Toutes mes condoléances – quelle triste nouvelle. Ce soir, vous êtes mes invités. Choisissez tout ce qui vous fera plaisir. Agent Graham, peut-être voulez-vous visiter nos cuisines ?

Clarry désirait surtout rester auprès de Martha, mais comment résister ? Il avait la cuisine dans le sang.

– Juste un petit coup d'œil, concéda-t-il. Je ne veux pas laisser Mrs Macleod seule trop longtemps.

On lui fit donc la visite des cuisines. Lui qui pensait qu'il n'était pas fait pour la restauration, il dut bien se rendre à l'évidence : il bouillait d'enthousiasme.

– Et quelle facilité, le travail de cuisinier ! lui

glissait Mr Ferrari à l'oreille. Quel dommage qu'un passionné de gastronomie comme vous perde son temps dans la police…

– Mais vous ne savez même pas si je cuisine bien, protesta Clarry.

– C'est vrai, ça. Pourquoi ne viendriez-vous pas sur votre jour de congé, histoire d'essayer ?

– Pourquoi pas, oui. Bon, je ferais bien d'aller retrouver Martha et les enfants.

Pendant ce temps, les autres clients du restaurant s'étaient arrêtés à la table de Martha pour lui présenter leurs condoléances. Son teint blême et les mines sérieuses de ses enfants faisaient l'unanimité. Par les temps qui couraient, on ne voyait que des sales gosses pleurnicheurs et pourris gâtés. Alors les petits anges bien élevés qu'étaient les enfants Macleod faisaient fondre même les cœurs les plus froids.

Clarry s'assit avec eux et inspecta le menu. Au diable son régime ! Un repas offert, ça ne se refuse pas, se dit-il en remettant la diète au lendemain.

Ils dégustèrent un simple minestrone, des raviolis et, pour finir, d'énormes parts de gâteau au chocolat. Clarry raconta des anecdotes sur son travail, sans hésiter à en faire des tonnes, et fut ravi de constater que Martha finissait tout ce qu'il y avait dans son assiette.

À son retour au poste, Hamish l'attendait.

– Ça fait un bout de temps que vous êtes parti, lui fit-il remarquer.

– Voilà ce qui s'est passé, commença Clarry avant de lui raconter comment il avait fini au restaurant italien.

– Un petit conseil, Clarry : faites attention. Blair est dans les parages, et il est à bout de nerfs.

Sans mentionner la raison de ce courroux, qu'il ne connaissait que trop bien, Hamish continua :

– Apparemment, quand Fergus a été transporté jusque dans la poubelle, il était déjà mort depuis un moment. Qu'est-ce que vous avez réussi tirer des sœurs Currie ?

– Pas grand-chose, répondit Clarry en fouillant dans son carnet de notes. Voulez-vous que je vous lise ce que j'ai récolté ?

– Allez-y.

Après s'être exécuté, Clarry ajouta :

– Vous voyez. Rien de bien utile.

– Oh, si, répliqua Hamish. Il y a quelque chose dans ce rapport qui m'intéresse. Et pas qu'un peu !

4

« Ah ! Profite du temps que nous avons encore devant nous,
avant de descendre, nous aussi, dans la Poussière,
dormir sous la Poussière, Poussière dans la Poussière,
sans Vin, sans Chanson, sans Chanteur et sans Fin ! »

Omar Khayyām,
adapté par Edward Fitzgerald

Le lendemain, Jimmy Anderson passa la tête par la porte de la cuisine.

– Entrez, l'invita Hamish. Clarry, allez donc taper vos notes, je m'occuperai des miennes après.

Une fois son agent parti, il s'adressa à Jimmy :

– Alors, du nouveau ?

– Vous avez quoi, comme whisky ?

Hamish sortit une bouteille de Johnny Walker du placard.

– Voilà qui ne va pas faire de mal, se réjouit Jimmy.

Il attendit qu'Hamish lui en ait servi un plein verre pour lui faire part des avancées.

– Selon le rapport d'autopsie, Fergus Macleod est mort environ vingt-quatre heures avant d'avoir été trouvé. Les sœurs Currie n'ont pas remarqué l'odeur plus tôt ?

– A priori, non. Je ne crois pas qu'elles se soient aperçues de quoi que ce soit avant d'avoir soulevé le couvercle.

– Mais enfin, Hamish, vous ne leur avez pas posé la question ?

– J'aurais dû, c'est vrai. J'étais trop occupé à tenter d'arrêter leurs commérages à propos de Clarry et de Martha Macleod.

En sirotant son whisky, Jimmy examina Hamish avec attention.

– Ça ne vous ressemble pas. Ce gros plein de soupe est votre agent, pas votre gamin. Je sais bien qu'il a rabattu le caquet de Blair avec cette histoire de comité de protection contre les discriminations, mais pour moi, il reste suspect.

– Ça ne peut pas être lui, puisqu'il était toujours avec moi ou avec Mrs Macleod.

– D'après ce qu'ils ont retrouvé dans son estomac, c'est pendant la nuit que Fergus a été liquidé. Vous ne dormez pas avec votre bonhomme, que je sache ?

– Il ne l'a pas tué, s'obstina Hamish.

– Bon, bref… Votre championne de l'écologie est en train d'en faire voir de toutes les couleurs à Blair, en tout cas. Mais l'affaire n'intéresse pas notre cher inspecteur-chef, il préférerait coincer ses dealers. Depuis que Daviot lui a dit de vous tenir au courant de tout, il boude. « Autant lui confier l'affaire », il a répondu. Et maintenant, voilà qu'il essaie de me mettre aux commandes.

– Est-ce que je peux voir le rapport d'autopsie ?

– Je suis à sec, on dirait.

– Servez-vous, Jimmy. Tenez, la bouteille est juste là.

– Merci.

Il se servit généreusement avant de sortir un document de sa veste.

– Voilà. Copie du rapport d'autopsie.

Hamish le parcourut.

– Ont-ils pu évaluer s'il avait été tué loin de chez les Currie ?

– Oui. Ça ne pouvait pas être bien loin, il saignait encore quand on l'a bazardé dans la poubelle.

– Le cottage des Currie donne sur le quai. Je n'arrive pas à croire que quelqu'un ait transporté un cadavre jusque chez elles sans que personne dans le village ne s'aperçoive de quoi que ce soit. Même en pleine nuit… Attendez une minute. La barrière entre le cottage et le chemin qui mène chez Martha n'est pas bien haute. Ont-ils trouvé quelque chose de ce côté-là ?

– Ils y travaillent. Mais c'est vrai qu'à deux,

ç'aurait été possible. Un qui fait passer le corps par-dessus la palissade, l'autre qui le rattrape et le met dans la poubelle.

– Mais pourquoi les Currie ?

– J'ai parlé à Nessie Currie. Elle se vantait d'être la plus écolo du village – ça devait pas plaire à Fergus, ça. Tous leurs déchets organiques vont au compost, à part ce qu'elles donnent aux poules de Mrs Docherty, la voisine. D'après Jessie, ce sont elles qui ont le moins de déchets de tout le village. L'assassin a peut-être pensé que c'était le meilleur moyen pour que le corps ne soit pas trouvé tout de suite.

– C'est stupide. Si on ne voulait pas que le corps soit trouvé, il fallait le lester et le jeter dans le loch. Ou l'emmener dans la lande et le plonger dans une tourbière. Non, laisser Fergus dans une poubelle, ça sent la revanche et la haine – une haine qui a persisté jusqu'après sa mort. Pour être honnête, je ne vois personne à Lochdubh capable de faire un truc pareil. Mais il y a quelque chose de louche à propos de Josie Darling. C'est une petite jeune qui habite derrière le port, elle se marie dans deux semaines. Elle joue les femmes fatales, mais c'est juste une gamine du village. Elle était en bons termes avec Fergus. Et elle cache quelque chose, c'est sûr. J'y retournerai demain pour essayer de lui tirer les vers du nez.

– *Aye*, bon, vous feriez bien de vous concentrer. Oubliez un peu Clarry.

Ils continuèrent à discuter, retournant l'affaire dans tous les sens, jusqu'à ce que l'agent revienne dans la pièce.

– J'ai tapé mes notes, monsieur, annonça Clarry. C'est l'heure du déjeuner, non ?

– Je ne vous le fais pas dire, fit Jimmy avant qu'Hamish puisse dire un mot.

– Je n'ai pas grand-chose sous la main, regretta l'agent en les contournant pour rejoindre la cuisinière, mais je peux faire une omelette au fromage.

Jimmy finissait son verre tout en observant avec amusement Clarry battre les œufs d'un geste expert. Celui-ci plaça bientôt trois assiettes d'omelette onctueuse sur la table.

– Magnifique, jubila Jimmy. Dites donc, à quand le mariage, vous deux ?

Lugs posa une patte sur le genou d'Hamish.

– Votre chien mange de l'omelette au fromage, lui aussi ?

– J'ai quelque chose pour lui, fit Clarry avant d'attraper un bol de foie qu'il avait cuit plus tôt dans la journée.

– Il a une drôle d'allure, votre clébard, remarqua Jimmy. Mais un chien capable d'attaquer Blair mérite le meilleur des repas, pour sûr !

Lorsque l'inspecteur fut parti, Hamish ordonna à Clarry :

– Vérifiez si le nouvel hôtel a embauché du monde récemment, à part les gens du coin. Il faut que j'aille rendre visite à quelqu'un. Allez, Lugs, on y va.

Le chien trottinant à ses côtés, il se rendit chez Mrs Docherty. Il attacha Lugs devant la maison et frappa.

Une femme d'une cinquantaine d'années à l'air fatigué, avec de petits yeux et des cheveux gris, lui ouvrit. Lorsqu'elle le reconnut, son visage se ferma. Elle demanda avec raideur :

– Qu'est-ce qu'il y a ?

– J'aimerais vous dire deux mots.

– À propos de quoi ?

– Du meurtre.

– Je n'ai rien à voir là-dedans.

– J'ai juste quelques questions à vous poser. Votre mari est là ?

– Non, il est à Strathbane, il travaille.

– Est-ce que je peux entrer ?

– Non. Je suis en plein ménage.

– Bon, restons dans le jardin, alors. Est-ce que vous avez vu ou entendu quelque chose ? Le corps de Fergus a été laissé dans la poubelle peu après sa mort.

– Rien vu, rien entendu. Pourquoi me demander ça à moi ?

Hamish repensa au rapport de Clarry : selon les Currie, le soir du meurtre, Mrs Docherty avait marché jusqu'au quai pour contempler le loch un moment, avant de rentrer. C'était un détail, bien sûr – mais comme tous les habitants de la région, elle était tellement habituée à la splendeur du paysage qu'elle n'y faisait même plus attention. Non, ce qu'Hamish voyait là, c'était une femme préoccupée qui venait noyer son inquiétude dans la contemplation de l'eau. Ou bien l'imagination du policier lui jouait-elle des tours ?

– Le soir où Fergus a été tué, on vous a vue sortir de chez vous pour aller regarder le loch.

– Et alors, c'est interdit ?

– Non, mais ça ressemble fort au comportement de quelqu'un qui n'a pas la conscience tranquille.

– Fadaises, répondit-elle sèchement. Je vais très souvent regarder le loch.

– Pourquoi ?

– Pourquoi ? Il faut donc une raison ? Parce qu'il est là, c'est tout.

Elle a peur de quelque chose, pensa Hamish, c'est sûr, mais de quoi ? Ça ne pouvait pas être de lui – personne à Lochdubh n'avait peur de lui.

– Je repasserai, conclut-il avant de détacher Lugs et de s'en aller.

En se tordant les mains, Mrs Docherty suivit du regard la haute silhouette du policier qui s'éloignait.

De retour au poste, Hamish tapa ses notes et les faxa avec celles de Clarry à Strathbane. Clarry arriva alors qu'il terminait.

– Vous avez trouvé quelque chose ? demanda-t-il à son agent.

– À part la secrétaire, une certaine Miss Stathos, tous les employés sont du coin. D'après elle,

Mr Ionides prévoit également d'engager des locaux pour les postes de serveurs, de femmes de chambre, de responsables et tout ça.

Hamish se laissa aller contre le dossier de sa chaise.

– Mince alors, il va essayer de débaucher les employés du Tommel Castle Hotel, à tous les coups !

– Peut-être qu'ils resteront loyaux.

– Les temps sont durs. Si on leur propose de plus gros salaires, ils n'hésiteront pas.

– On dirait que les journalistes ont débarrassé le plancher.

– Oui, ils ont filé pour couvrir un triple meurtre à Inverness. Les journaux s'appuieront sur les contacts qu'ils ont sur place, dorénavant. On va enfin avoir la paix.

Quatre jours passèrent, lors desquels Jimmy Anderson, Hamish et Clarry interrogèrent assidûment tous les habitants de Lochdubh. Hamish lut et relut le rapport d'autopsie. Sur le chemin jouxtant le jardin des Currie, le sol était resté dur à cause du temps sec et n'avait révélé aucun indice supplémentaire. À l'arrière de la maison, là où se trouvait la poubelle, le sol était recouvert de gravier.

Ces résultats laissaient Hamish sur sa faim, et il décida d'aller lui-même passer la zone au peigne fin. Il n'avait pas évité le piège tendu à tout policier de son temps : émerveillé par les prouesses de la police scientifique, il avait accordé à ces spécialistes une confiance aveugle.

Il profita donc de l'absence des sœurs Currie, qui nettoyaient le cottage de Martha avec Angela et Mrs Wellington, pour se rendre devant chez elles. Quelle caricature ! pensa-t-il. À inspecter ainsi les alentours muni de sa grosse loupe, il avait l'air tout droit sorti d'un téléfilm à la Hercule Poirot. Il se mit néanmoins au travail, examinant minutieusement chaque centimètre carré du sol, de la clôture et de la route. La pluie qu'il attendait n'était pas encore arrivée, même si l'air semblait déjà saturé d'humidité.

Après deux heures de travail, il était sur le point de renoncer lorsqu'il repéra une infime tache de couleur entre deux poteaux de la clôture. À l'aide de pinces brucelles, il retira doucement un minuscule fil de couleur rose. Si petit qu'il était à peine perceptible à l'œil nu. Il le plaça précautionneusement dans un sachet de prélèvement. Dès le retour des sœurs Currie, il leur demanderait si elles avaient une idée d'où il provenait.

Lorsque Mrs Wellington essaya de convaincre Martha que les habits de Fergus pourraient être rajustés et servir pour les enfants, Angela se félicita d'avoir envoyé les petits acheter des friandises.

Contre toute attente, ce fut Nessie qui se dressa contre l'autorité de la femme du pasteur :

– Laissez-la tranquille, dit-elle fermement. Elle

ne veut rien garder de ce qui a appartenu à son mari.

– Rien de son mari, répéta Jessie, défiant Mrs Wellington du regard exactement comme sa sœur.

– Bon, très bien, empaquetons le tout, alors, capitula-t-elle. Je ferai un voyage au Secours populaire de Strathbane.

Les femmes se mirent au travail, empilant chemises, tee-shirts, chaussettes et sous-vêtements dans de grands sacs. Martha, qui trouvait Angela la plus sympathique de toutes, restait près d'elle. Dans la chambre qu'elle avait partagée avec Fergus, la femme du docteur lui fit remarquer :

– Ces tapis seraient bons à jeter aussi. J'en ai un joli dans le grenier, à la maison. Mon mari n'aime pas sa couleur rouge vif, mais en vérité il est très gai et chaleureux. Où avez-vous eu ceux-ci ?

– Ils sont affreux, n'est-ce pas ? répondit Martha avec un triste sourire. Fergus les a trouvés à côté des poubelles d'une ferme et les a rapportés à la maison. Ils sont pleins de trous de cigarette.

– Je vais les enlever de là et vous donner le rouge. Non, j'insiste. C'est trop bête qu'il reste dans mon grenier. Allons, enroulons ces horreurs.

Elle se mit à genoux et commença à rouler l'un des tapis.

– Tiens, une lame de plancher a été sciée, ici. C'est là que vous cachez les bijoux de famille ?

Martha s'approcha et inspecta le sol. La femme

du médecin disait vrai, l'une des planches avait été sciée en un carré qui ressemblait à un couvercle.

– Je n'avais jamais remarqué, dit-elle. Désolée pour la saleté. Je voulais nettoyer, mais Fergus me criait dessus dès que j'approchais de cet endroit.

– Ça vous dérange si je regarde ce qu'il y a là-dessous ?

– Non, allez-y.

– Il me faudrait quelque chose pour soulever la planche, un tournevis par exemple.

– Je vous en apporte un. Il y a une boîte à outils sous le lit.

Elle revint quelques instants plus tard, munie d'un tournevis. Angela fit levier pour ôter le carré de bois et regarda dans la cavité. Puis elle y introduisit la main et attrapa une enveloppe en plastique contenant ce qui semblait être des lettres. Elle regarda à travers le plastique. Certaines étaient souillées de taches de nourriture et de café.

– Si vous n'y voyez pas d'inconvénient, Martha, je vais confier cela à Hamish Macbeth. J'aimerais pouvoir vous laisser les parcourir d'abord, mais c'est peut-être important, et je ne veux pas qu'il y ait trop d'empreintes dessus.

– Oui, allez-y, répondit Martha craintivement.

Angela sortit à la hâte et se mit en route vers le poste de police. Une pluie légère s'était mise à tomber. Ma foi, se dit-elle, ce n'est pas souvent que nous avons droit à un été comme celui-là. Ça ne pouvait pas durer toujours.

Elle aperçut la haute silhouette d'Hamish et se dépêcha de le rattraper.

– Hamish, l'appela-t-elle. Regardez ce que j'ai trouvé sous le parquet de la chambre de Fergus.

Elle lui tendit l'enveloppe.

– Je crois que ce sont des lettres. Elles pourraient contenir un indice.

– Merci, Angela. Je vais les examiner immédiatement.

– Bon, je ferais mieux d'y retourner avant que Martha ne se fasse manger toute crue par Mrs Wellington !

Hamish courut au poste, s'installa à son bureau et extirpa précautionneusement les lettres de l'enveloppe à l'aide de sa pince.

La première lettre était adressée à Josie Darling :

« Chère Josie,

Ce n'est plus possible. Je regrette de te laisser tomber à la dernière minute, mais j'ai rencontré quelqu'un d'autre, et cette fois, c'est le véritable amour. Si tu as besoin d'aide pour envoyer des lettres d'excuse ou retourner les cadeaux, dis-moi. Tu me détesteras un moment, mais lorsqu'un peu de temps aura passé, tu te rendras compte que c'était la meilleure chose à faire. J'espère que toi aussi, tu rencontreras quelqu'un.

Bien à toi, Murdo. »

– Le salaud ! laissa échapper Hamish.

Lugs lui mit une patte sur le genou.

– Descends, Lugs ! gronda-t-il sévèrement.

Avec beaucoup de précautions, il mit la lettre de côté et sortit la suivante.

« Chère Helen,

Je n'oublierai jamais cette nuit passée avec vous à Strathbane. Je suis encore en voyage, mais j'espère y revenir très bientôt. Croyez-vous que vous pourrez vous échapper à nouveau de votre mari ? Si vous le pouvez, appelez-moi, mon sucre d'orge.

Tendres baisers, Pat. »

Qui est donc cette Helen ? se demanda Hamish. La lettre suivante était adressée au fermier Angus Ettrik, de la part de son banquier. Hamish la parcourut rapidement : elle informait l'intéressé qu'il ne pouvait plus rien emprunter.

Le quatrième document était un article découpé dans un vieux journal.

« Mrs Fiona McClellan a comparu hier devant le juge de Strathbane pour vol à l'étalage. Le psychiatre J. Arthur a témoigné, attestant que Mrs McClellan est actuellement sous traitement pour cleptomanie. Le juge Paul Tampley l'a condamnée à un an de prison avec sursis en ajoutant que si elle devait être amenée à comparaître de nouveau devant lui, il ne se montrerait pas aussi clément. »

Mrs McClellan était la femme du banquier. Le cœur lourd, Hamish se rendit à l'évidence. Un seul objectif avait pu pousser Fergus à cacher ces documents sous son plancher : faire chanter leurs destinataires.

Il poussa un long soupir et se prit la tête entre les mains. La meilleure des choses à faire aurait été d'appeler Strathbane tout de suite et de rapporter ce qu'Angela avait trouvé. Mais Blair ne manquerait pas de tomber à bras raccourcis sur les concernés comme la justice divine. Arrêter d'abord, interroger ensuite – c'était sa spécialité. Les vies de quatre personnes seraient peut-être ruinées pour rien.

Il tourna les yeux vers Lugs, qui le fixa de son drôle de regard.

– Je me donne une journée, Lugs. Juste une. On va voir ce qu'ils auront à me dire. Mais qui diable est Helen ?

Il commença par Josie. Lorsqu'elle ouvrit la porte et vit que c'était lui, elle prit un air buté.

– Qu'est-ce qu'il y a encore ? demanda-t-elle avec brusquerie.

– Je peux entrer ?

– Non, je suis occupée.

– Bon, alors vous préférez m'expliquer sur le palier l'annulation du mariage et le chantage de Fergus ?

Elle éclata en sanglots. Hamish passa un bras

autour de ses épaules et la conduisit à l'intérieur. Sa mère, qui était là, se leva d'un bond, affolée.

– Que lui avez-vous dit ? s'écria-t-elle.

– Asseyons-nous donc et discutons calmement, tempéra Hamish.

Il déposa une Josie toute sanglotante sur une chaise et s'installa également.

– Quand Fergus vérifiait les ordures pour voir si tout était bien dans le bon contenant, il récupérait des lettres et autres documents dont il pensait pouvoir se servir. Josie, il a trouvé une lettre de votre fiancé, Murdo, dans laquelle il vous informe qu'il veut rompre. J'ai bien l'impression que, par fierté, vous ne vouliez pas que cela se sache, et j'imagine que Fergus vous a réclamé de l'argent en échange de son silence.

Josie sécha ses larmes et le regarda avec défiance.

– Prouvez-le !

– Si vous ne coopérez pas, je serai obligé de donner la lettre à l'équipe de la P.J. de Strathbane, l'inspecteur Blair va vous convoquer, et je vous garantis que ce sera une autre paire de manches. Peut-être qu'il ne vous arrêtera pas, mais on lira dans les journaux qu'une femme aide la police dans son enquête sur le meurtre de Fergus – et tout le monde à Lochdubh vous aura vue monter dans une voiture de police. Allons, Josie, soyez honnête.

Elle se tourna vers sa mère, qui l'encouragea d'un léger signe de tête.

– Oui, il m'a demandé de l'argent, commença-t-elle péniblement. Oh, qu'est-ce que j'avais honte. Me faire plaquer comme ça, alors que ça faisait des mois que je rabattais les oreilles de mes amis avec le mariage.

– Combien vous a-t-il demandé ?

– Cinq cents livres. Contre la lettre. Je lui ai dit que j'avais trop dépensé pour le mariage et qu'il allait falloir attendre, mais à chacune de ses tournées il s'arrêtait à la maison, il me demandait un thé et puis il restait assis là, un grand sourire aux lèvres. J'avais envie de le tuer !

Elle mit précipitamment la main devant sa bouche, comme pour ravaler ses mots.

– Vous n'étiez pas la seule, la rassura Hamish. Mais enfin, ma grande, je sais que ça a dû être un choc, mais vous alliez finir par devoir le dire dans tous les cas ! Et les cadeaux, alors ?

– C'était une folie, je sais, dit-elle, les larmes aux yeux. J'avais prévu d'aller chez ma tante Margaret à Inverness et de trouver un travail là-bas. J'aurais raconté que Murdo voulait se marier en petit comité.

– Et gardé tous les cadeaux ?

– Je me serais chargée de les retourner, intervint Mrs Darling.

– Donc vous ne lui avez pas donné l'argent ?

– Cinq cents livres, c'est vraiment beaucoup. J'essayais de l'embobiner pour gagner du temps en attendant que quelque chose se passe.

– Eh bien, il s'est passé quelque chose, c'est le

moins qu'on puisse dire. Il faut mettre votre fierté de côté et annoncer l'annulation du mariage. Les ruptures, ça arrive tous les jours. Tenez, moi par exemple, je me suis fait quitter tellement de fois, c'en est devenu un mode de vie. Bon, maintenant, je dois vous demander ce que vous faisiez toutes les deux le soir du 22 juillet, jour de la mort de Fergus.

– On a regardé un film, maman et moi. Puis on est allées se coucher.

– Aucun témoin ?

Elles firent toutes deux signe que non.

– Mon Dieu, je suis contente que tout ça soit terminé, dit Mrs Darling.

– *Aye*, en espérant que ça le soit vraiment. Je ne vais pas pouvoir cacher de tels indices très longtemps. Mais je vais tout de même essayer, pour l'instant en tout cas.

– Merci, dit Josie, soudain tout sucre tout miel. Je sais que vous faites ça pour moi.

Murdo l'a échappé belle, pensa Hamish en se levant.

– Je fais ça pour vous et votre mère, et surtout pour la paix de ce village. Mais ne jouez pas à la plus fine avec moi, Josie Darling. Priez juste pour que le meurtrier soit démasqué avant que votre lettre ne finisse entre les mains de la P.J.

Il se rendit ensuite à la banque, qui était encore ouverte. Mr McClellan était donc encore au travail.

Sa femme et lui habitaient la maison juste à côté, l'une de ces villas gothiques blanchies à la chaux qu'aimaient les banquiers de l'époque victorienne. Hamish sonna à la porte et une voix lui parvint de derrière la maison :

– Je suis dans le jardin !

Il contourna la bâtisse et trouva Mrs McClellan avec une truelle à la main. Le ciel était toujours aussi bas et lourd, mais la pluie avait cessé.

– Mr Macbeth, l'accueillit-elle, que puis-je faire pour vous ?

Elle portait une vieille robe Laura Ashley à motifs, délavée à force d'avoir été passée à la machine. Elle avait des traits fins, quelques rides légères au coin de ses yeux acajou, et d'épais cheveux bruns noués en un chignon lâche.

– Pouvons-nous nous installer quelque part, Mrs McClellan ? Ce que j'ai à vous dire risque de ne pas vous plaire.

Son regard s'assombrit.

– Suivez-moi dans la cuisine, dit-elle. Nous y serons tranquilles.

Dès qu'ils furent tous deux attablés, elle lui demanda dans un souffle :

– Vous savez, n'est-ce pas ?

– Je sais que Fergus gardait un vieil article de journal qui parle de vous et de votre inculpation pour vol à l'étalage. Quand était-ce ? Il n'y a pas la date, sur l'article.

– C'était il y a douze ans.

– Vous a-t-il fait du chantage ?
– Oui.
– L'avez-vous dit à votre mari ?
– Non. J'étais morte de peur à l'idée qu'il le découvre. Quand j'ai été inculpée, il dirigeait une banque à Strathbane. Il a eu tellement honte de moi qu'il a voulu qu'on déménage ici, à Lochdubh. Je me suis fait soigner, et je n'ai jamais rechuté depuis. Mon mari n'aurait pas supporté que les habitants de Lochdubh apprennent ce que j'avais fait. Il aurait déménagé à nouveau, et sûrement sans moi, cette fois.
– Combien Fergus vous a-t-il demandé ?
– Mille livres. Je lui ai dit que je ne pourrais jamais rassembler une aussi grosse somme à l'insu de mon mari, et il m'a répondu que je n'avais qu'à le payer en plusieurs fois. Quand il a été assassiné, je lui avais déjà donné deux cents livres. Et voilà le travail, deux cents livres par la fenêtre. Maintenant, vous êtes ici, et plus rien ne pourra empêcher cette affreuse histoire d'éclater au grand jour.
– Que faisiez-vous le 22 juillet au soir ?
– J'animais la réunion de la Mothers' Union, l'association chrétienne dont je fais partie. Ensuite je suis rentrée, j'ai regardé un peu la télévision avec mon mari, et nous sommes allés au lit. Allez-vous m'emmener au commissariat de Strathbane ?
– Non, ne vous en faites pas. Je vais essayer de ne pas ébruiter cette histoire, pour l'instant du moins. Mais si jamais vous entendez quoi que

ce soit qui puisse avoir un rapport avec l'enquête, même quelque chose d'insignifiant, il faut à tout prix que vous m'appeliez.

Le regard de Fiona McClellan s'emplit soudain d'espoir.

– Voulez-vous dire que vous réussirez peut-être à passer cette histoire sous silence ?

– Je m'y efforcerai, au moins pour les jours qui viennent.

– Mais si vous ne trouvez pas le meurtrier, vous devrez en informer vos supérieurs, n'est-ce pas ?

– J'en ai bien peur.

– Je vais faire tout ce qui est en mon pouvoir pour vous aider. Merci.

Sur le chemin de chez Martha, Hamish rencontra Angela qui rentrait chez elle.

– Avez-vous parlé des lettres aux sœurs Currie ou à Mrs Wellington ? lui demanda-t-il.

– Non, et je ne pense pas que Martha ait dit quoi que ce soit non plus.

– Angela, cette ordure de Fergus utilisait des informations trouvées dans les poubelles pour faire chanter les habitants de Lochdubh. Il va bien falloir que je finisse par le dire aux collègues de Strathbane, mais j'aimerais protéger les victimes au moins quelques jours. Je vais parler à Martha. Quand je lui donnerai le feu vert, elle devra prétendre qu'elle vient tout juste de les trouver.

– Quelle horreur, Hamish. Fergus n'a eu que ce qu'il méritait !

– Personne ne mérite de se faire assassiner.

– Eh bien, lui, si, répliqua-t-elle avec fermeté.

Hamish était en train de s'éloigner quand il se retourna pour lui demander :

– Connaissez-vous quelqu'un qui s'appelle Helen, au village ?

– Helen ? Laissez-moi réfléchir, il y a Helen Macgregor du côté de Braikie, Helen Jensen, mais ce n'est qu'une petiote, Helen Docherty…

– Mrs Docherty ? Son prénom est Helen ?

– Oui.

– Merci.

Il s'éloigna à grands pas, suivi par le regard soucieux d'Angela.

Martha lui ouvrit et l'invita à entrer. Le cottage était propre comme un sou neuf.

– Je voulais juste qu'elles m'aident à enlever les affaires de Fergus, dit Martha, mais elles ont insisté pour m'aider à nettoyer. Y avait-il des indices dans les lettres qu'Angela a trouvées ?

– C'est pour ça que je suis venu vous voir. Avez-vous vérifié les comptes bancaires de votre mari ?

– Non, pas encore.

– Avait-il rédigé un testament ?

– Oui. Il m'a tout légué en l'état.

– D'accord. Bon, voilà le problème : je crois que

votre mari faisait du chantage à plusieurs habitants du village.

– Oh, mon Dieu ! s'écria-t-elle.

– Il utilisait des lettres récupérées dans les poubelles. J'essaie de ne pas l'ébruiter pour le moment, Martha. Cela ne vous embête pas que je vous appelle Martha ?

– Non.

– De votre côté, appelez-moi Hamish, sauf dans les circonstances plus officielles. Bon, voyons voir ce relevé de banque.

– Tout est dans le tiroir du buffet.

Elle ouvrit l'un des tiroirs du meuble, un horrible buffet des années 1930 fait de bois jaunâtre pauvrement sculpté. Hamish inspecta le document. Il repéra un paiement de deux cents livres, probablement celui de Mrs McClellan, ainsi qu'un autre de cinq cents livres. Tous les autres montants correspondaient au salaire de Fergus.

– Je vais devoir vous demander de rendre l'argent qu'il a extorqué à ces personnes, Martha. Mais je ne peux rien faire tant que je n'ai pas démasqué l'assassin. Si je donne ces lettres à la P.J., des innocents verront leur réputation ruinée et en souffriront terriblement. J'aimerais vous demander de n'en parler à personne.

– Bien évidemment. Oh, quelle honte ! gémit-elle.

Son visage devint livide quand elle reprit :

– Mais, Hamish, et si c'était l'un d'eux qui l'avait

tué ? Et si le meurtrier s'imagine que je détiens encore les lettres ?

– J'y ai réfléchi, croyez-moi. Qui que ce soit, il doit savoir que votre cottage a été inspecté de fond en comble par la police. C'est le cas, n'est-ce pas ?

Elle acquiesça silencieusement.

– Comment ont-ils pu rater cette cachette sous le parquet de la chambre ? s'interrogea à voix haute Hamish. Ça me dépasse complètement.

– Ils ne cherchaient rien de tel, expliqua Martha. Je leur ai montré le testament et le relevé de banque, et ça a eu l'air de leur suffire. Ils parlaient d'aller voir un match de foot à Strathbane s'ils finissaient à temps.

Ça, on ne risque pas d'en entendre parler dans les journaux, pensa Hamish. Les histoires où l'on pince le meurtrier grâce à un cheveu miraculeusement retrouvé sur la scène du crime ou à un peu de salive sur un mégot sont plus vendeuses que celles où l'équipe n'a qu'une hâte : rentrer regarder un match de foot – en laissant la moitié des indices derrière elle. Et si jamais Martha était coupable, toute trace avait été effacée par les fées du logis de Lochdubh, à présent.

– Je vous tiendrai au courant. Mais je ne pourrai pas garder ça pour moi plus de quelques jours, l'avertit-il.

Il avait presque atteint la porte lorsque Martha lança :

– Comment va Clarry ?

– Ça va.
– Vous lui passerez le bonjour de ma part.
– Entendu.
Il sortit. Une pensée horrible venait de s'abattre sur lui : et si Martha, maltraitée par Fergus, avait vu en Clarry l'époux dont elle avait toujours rêvé, et avait assené un coup de marteau fatal à son mari ? Il secoua la tête, tâchant de chasser cette idée de son esprit. Mieux valait faire confiance à son instinct et interroger les autres suspects au plus vite.
D'après ses souvenirs, le mari de Mrs Docherty travaillait à la poissonnerie d'un supermarché à Strathbane. Il alla frapper chez eux, et ce fut elle qui ouvrit. Quand elle le vit, ses pupilles se dilatèrent sous l'effet de la peur, qu'elle tenta de faire passer pour de la colère :
– C'est du harcèlement policier, ma parole !
– Vous deviez bien vous douter que je reviendrais. Depuis quand Fergus Macleod vous faisait-il chanter ?
Elle se figea, aussi immobile qu'une statue. Puis elle lâcha douloureusement :
– Vous feriez mieux d'entrer.
Elle le conduisit dans un petit salon propret.
– J'ai tellement prié pour qu'il se débarrasse de cette lettre. Je savais que la police avait fouillé le cottage. Alors quand j'ai vu qu'on ne me demandait rien, je me suis crue hors de danger. Est-ce qu'on va m'arrêter ?

– Pas pour l'instant. Je vais faire mon maximum pour rester discret au moins pendant quelques jours. Mais si je ne démasque pas le meurtrier d'ici là, je serai obligé d'en parler à Strathbane. Bien, à présent, racontez-moi ce qui s'est passé.

– J'ai cinquante-cinq ans.

– Je ne vois pas ce que…

– Écoutez-moi. Ici dans les Highlands, pour nous les femmes, la ménopause, ce n'est pas avant cinquante-sept ans. Il y a des scientifiques qui disent que c'est le poisson frais, d'autres le whisky. Dans tous les cas, je savais que je n'avais plus beaucoup de temps. Pour être une vraie femme, si vous voyez ce que je veux dire. Donc un jour où j'étais allée faire des courses à Strathbane, j'ai décidé d'aller au bar du Royal Hotel prendre un verre. C'est là que j'ai rencontré Pat. Vous ne prenez pas de notes ?

– Pas pour l'instant. Espérons que ce ne sera pas nécessaire.

– Bref, on a commencé à discuter. J'ai bu plus que je n'aurais dû. Il me faisait rire. Il a fini par me proposer de revenir à Strathbane plus tard ce soir-là, pour passer la nuit avec lui. Comme ça, directement. Je lui ai répondu : pourquoi pas ? En vérité, je ne pensais pas vraiment ce que je disais. C'est vrai, j'étais saoule, je n'aurais même pas dû conduire. Quand je suis arrivée à la maison, Roger a téléphoné.

– Votre mari ?

– Oui. Il a dit qu'il allait au Rotary Club, qu'il

dormirait chez un de nos amis. Je ne sais pas ce qui m'a pris, mais j'ai décidé d'y aller. Ça n'a pas valu le coup, croyez-moi. J'avais tellement honte, le lendemain matin. Et j'étais malheureuse comme les pierres, avec ça. Pour ne pas partir comme une voleuse, j'ai fait la bêtise de lui donner mon adresse. Et quand j'ai reçu cette lettre de Pat, j'ai veillé à la jeter dans la poubelle normale, où elle était moins visible qu'avec le papier. Mais cette espèce de fouine de Fergus passait au crible absolument tous les détritus du village.

– Ce que je ne saisis pas, dit Hamish, c'est d'où lui est venue cette idée. Si la lettre avait été avec le papier, encore. Mais la repêcher dans le reste des ordures, il fallait le faire, tout de même. Peut-être était-il déjà tombé sur une pépite du même genre.

– Je ne suis pas la seule ?

– Non. Où étiez-vous le soir où Fergus a été tué ?

– J'étais à une réunion à l'église. Ensuite je suis rentrée, j'ai regardé la télé avec mon mari, et je suis allée au lit. Oh, je vous en prie, essayez d'étouffer cette histoire, Hamish !...

– Je ferai de mon mieux. Si vous entendez quelque chose, n'importe quoi, faites-le-moi savoir.

– Je ne sais pas ce qui m'a pris, répéta-t-elle, pour elle-même autant que pour Hamish. J'ai toujours été une femme respectable, vous savez. Les garçons s'en sortent bien, ils ont tous les deux un travail à Glasgow. C'est la faute de la télévision, tout ça.

– Qu'est-ce que vous voulez dire ?

– Eh bien, les femmes comme moi, ici dans le nord de l'Écosse, on passe nos soirées assises devant la télé, à baver devant des gens magnifiques. Magnifiques, et pas pétris de morale. Pas étonnant qu'un jour on finisse par se dire : moi aussi, je veux ma part du gâteau. Sauf que le gâteau, dans le coin, c'est une nuit sordide avec un représentant de commerce. Les hommes couchent bien à droite à gauche, alors pourquoi pas les femmes ? C'est une idée à la mode, c'est vrai, mais ce n'est pas pour moi. Quand on est vieux jeu comme moi, on ne se débarrasse jamais des valeurs d'autrefois. La loyauté, la pudeur – vous rappelez-vous l'époque où la pudeur était une qualité, chez une femme ?

– Désolé, mais je crois que je ne suis pas assez vieux, répondit Hamish.

Il rentra au poste et trouva Jimmy Anderson les pieds sur le bureau.

– Où est Clarry ? lui demanda-t-il.

– Je l'ai envoyé continuer les interrogatoires. J'ai aussi mis deux gars de Strathbane sur le coup. Du nouveau ?

– Pas vraiment.

– Ça ne vous ressemble pas. Allez, je vous connais, vous avez plus d'un tour dans votre sac.

– Non, pas cette fois. Je vais aller prendre la

température dans les fermes autour du village. Et vous, quels sont vos plans ?

– Coordonner l'équipe, répondit vaguement Jimmy. Emmenez donc votre clébard. J'ai cru qu'il n'allait pas me laisser entrer.

– Comment avez-vous fait ?

– Ça m'a coûté un paquet entier de gaufrettes au chocolat.

– Quoi ? s'écria Hamish. Vous avez perdu la tête, Jimmy. C'est mauvais pour ses dents.

Dans la salle de bain, il s'empara de sa brosse à dents et du dentifrice. Puis il empoigna Lugs qui ne se méfiait de rien, le sortit de sous la table de la cuisine et lui brossa les dents en luttant pour le maintenir immobile. Après quoi il le déposa devant sa gamelle d'eau. Le chien but avidement, tout en fixant son maître d'un air accusateur.

– C'est bon, bonhomme. Ça ne sert à rien de me regarder comme ça. Comment tu vas pouvoir attaquer Blair, si tu perds tes dents ?

Hamish fut bientôt en route, un Lugs boudeur sur le siège passager. Il prit la direction de Drim, puis tourna sur un chemin étroit qui conduisait chez Angus Ettrik, et s'arrêta pour rediriger quelques moutons égarés vers leurs pâturages.

Kirsty, la femme d'Angus, étendait le linge dans le jardin – qui ressemblait plus à une décharge qu'à un jardin. La vieille machine à laver adossée à une télévision, les deux carcasses de voitures et diverses pièces de machines qui rouillaient là ne laissaient aucun doute : cette petite ferme des Highlands avait connu des jours meilleurs. Les Ettrik ne jetaient jamais rien. On ne sait jamais, ça pourrait servir un jour, tel était leur credo.

– Qu'y a-t-il ? demanda Kirsty en venant à sa rencontre.

Petite, la peau mate, elle ressemblait à une gitane.

– Angus est là ?

– Il est dans la tourbière. Pourquoi ?

– Je continue les interrogatoires.

– Oh, le meurtre. Quelle horreur, cette histoire.

Hamish la salua et remonta en voiture. Il conduisit aussi loin qu'il le put sur le chemin encombré de bruyère.

Il finit par descendre et marcha les cinq cents derniers mètres jusqu'à la tourbière, Lugs sur les talons. Angus était bien là, à débiter de la tourbe. Tout en s'approchant, Hamish passait mentalement en revue ce qu'il savait sur le fermier. Il avait une réputation de fainéant – ce qui n'était pas exactement un trait d'originalité dans les Highlands, où le pic d'activité hebdomadaire des médecins était le lundi matin, quand des bataillons d'hommes avec des maux de dos soudains venaient remplir leurs salles d'attente. Kirsty et lui n'avaient pas d'enfants. C'était un homme petit et sec, avec une tignasse sombre et grisonnante sur les côtés, et un visage hâlé en permanence à force de travailler dans les champs.

Il n'interrompit pas sa besogne lorsqu'il aperçut

Hamish. La remorque accrochée à son tracteur était déjà remplie de morceaux de tourbe. Entassés de cette façon, ils ressemblaient à de grosses parts de gâteau au chocolat.

– Comment ça va, Angus ?

Le fermier s'arrêta et leva les yeux vers le policier, qui le dépassait d'une bonne tête.

– Qu'est-ce que vous voulez ?

– Est-ce que Fergus Macleod vous faisait chanter ? demanda Hamish de but en blanc.

– Qu'est-ce que c'est que ces foutaises, maugréa le fermier en baissant les yeux.

Puis il releva la tête et reprit, avec son accent écossais à couper au couteau :

– Vous croyez vraiment que je suis du genre à me laisser intimider par un éboueur ?

– Il avait trouvé une lettre de votre banquier stipulant qu'il refusait de continuer à vous faire crédit.

– Comme s'il avait pu faire chanter un petit paysan avec ça ! Mon vieux, vous connaissez comme moi la situation dans les Highlands. Des lettres comme ça, les fermiers en reçoivent tous les jours, par les temps qui courent. Mais j'aimerais mieux pas que cette lettre se retrouve à Strathbane. J'ai ma fierté, et j'ai pas envie qu'ils mettent leurs pattes sur mon courrier !

– Je ne peux pas dissimuler des preuves, Angus – pas pour longtemps, en tout cas. Ce n'est peut-être pas très important, mais pourquoi l'a-t-il gardée ? Est-ce qu'il est passé vous voir ?

– Non. À part pour ramasser les poubelles dans son stupide uniforme.

– Bon. C'est tout pour le moment, mais je ne vois pas pourquoi Fergus aurait gardé cette lettre si ce n'est pour faire pression sur vous.

– C'est votre boulot de trouver, non ? répliqua Angus avec mépris. Remuer la fange, ça vous connaît. Eh bien, ici, vous ne trouverez que de la bonne tourbe bien propre, rien d'autre.

– Où étiez-vous le soir du meurtre ?

– C'était quand, ça ?

– Le 22 juillet.

– J'ai bu un coup sur le quai avec les pêcheurs avant qu'ils partent au boulot.

– Le bar est fermé.

– *Aye*, on était assis sur la jetée, avec Archie Maclean et les autres. On a fumé une cigarette ou deux et causé un peu.

– Je vérifierai ça. Et ensuite ?

– Ensuite je suis rentré à pied.

– Et vous n'avez pas vu Fergus ce soir-là ?

– Pas vu, non.

– Très bien. Je vous laisse réfléchir, à propos de cette lettre.

Angus se remit au travail et Hamish et Lugs s'éloignèrent. Le policier décida de retourner à la ferme. Devant la porte de la cuisine, il appela :

– Il y a quelqu'un ?

Kirsty apparut, s'essuyant les mains sur son tablier.

– Je viens de voir votre mari, Kirsty. Dans les affaires de Fergus, j'ai retrouvé une lettre à vous. De la main de votre banquier. Je me demandais si Fergus ne vous faisait pas du chantage.

Son visage se décomposa et elle répondit :

– Jamais entendu parler de ça. Pourquoi est-ce qu'il nous aurait fait du chantage ? Il devait bien savoir qu'on n'avait pas un sou, s'il avait lu la lettre.

– C'est ça que je ne comprends pas, dit Hamish.

– Il était plutôt aimable. On n'a jamais eu de soucis avec lui pour ce qui est des poubelles, pas comme les autres, à Lochdubh.

Son regard se posa sur Lugs et elle poussa soudain un cri perçant.

– Qu'y a-t-il ? s'inquiéta Hamish.

– Votre chien ! Il faut pas garder un chien comme ça.

– Pourquoi ?

– Mais regardez donc, il a les yeux bleus !

– Et alors ?

– Les animaux avec des yeux comme ça, poursuivit-elle en baissant la voix, ce sont des revenants. Sortez-le-moi d'ici, avant qu'il nous porte malheur !

Lugs bondit soudain, contourna Hamish et fonça à l'intérieur de la cuisine. Kirsty laissa échapper un cri de terreur et cacha son visage entre ses mains.

– Faites-le sortir ! hurla-t-elle.

Hamish la bouscula pour aller récupérer son chien qui s'était assis devant la cuisinière, lorgnant la marmite de ragoût qui mijotait sur le feu.

Lugs fermement calé sous le bras, il sortit du cottage. Kirsty était assise sur une pierre, en larmes, les bras serrés autour de son torse.

– Calmez-vous, Kirsty, la réconforta Hamish. C'est juste un chien.

– Allez-vous-en, murmura-t-elle.

Impuissant, Hamish haussa les épaules. Bien qu'étant lui-même un peu superstitieux, comme tout le monde dans la région, il serait toujours surpris par les proportions que cela pouvait prendre.

Il porta Lugs jusqu'au quatre-quatre et se mit en route pour trouver Archie. Mieux valait vérifier si Angus lui avait dit la vérité.

– *Aye*, il était là, oui, je me souviens bien, fit le pêcheur.

Assis sur la jetée, il ressemblait à un gnome, engoncé dans le costume trop serré qui ne le quittait jamais et qui avait été dûment bouilli, séché et repassé par sa femme.

– C'était à quelle heure ?

– Oh, il était encore tôt. Dix-neuf heures, je dirais. On était sur le point de mettre les bouts, mais Niven a commencé à faire tourner le whisky.

– Et alors, qu'est-ce qu'il racontait, Angus ?

– Il rouspétait après le prix du bétail. Toujours la même rengaine, avec ces fermiers.

– Est-ce qu'il a parlé de Fergus ?

– Attendez voir. Oui, c'est ça, on était tous d'accord pour dire que l'éboueur était un vrai petit salopard. Tous, sauf Angus. Il disait qu'il était pas si mal, quand on le brossait dans le sens du poil – ou quelque chose dans le genre.

– Rien d'autre ?

– Non, après il a fallu qu'on y aille. Il rentrait à pied. Je trouvais que ça faisait loin, mais il a dit qu'il avait l'habitude et que vu comment l'essence augmentait, on finirait tous à pied de toute façon, comme dans le temps.

– D'après ce qu'ils ont retrouvé dans son estomac, Fergus est mort un peu plus tard ce soir-là. C'est un petit village, quelqu'un a forcément entendu quelque chose ou regardé par la fenêtre.

– Pas avec *Inspecteur Morse* à la télé. C'est de vingt heures à vingt-deux heures.

– Ne me dites pas que tout Lochdubh regarde *Inspecteur Morse*.

– Oh, si. Même ma femme – elle raterait un épisode pour rien au monde, c'est vous dire.

Des villageois du fin fond de l'Écosse captivés par des histoires de meurtres dans les facultés huppées d'Oxford, c'est original, se dit Hamish, amusé. Puis il ajouta :

– Donc Fergus et Angus étaient plutôt en bons termes, d'après vous ?

– Ça, je peux pas vous dire avec certitude. Angus

était le seul qui ne lui cassait pas du sucre sur le dos, en tout cas.

– Et comment ça se passe avec Callum McSween ?

– C'est différent. C'est un bon gars, Callum, tellement sympa qu'on se dit : bon, pourquoi pas mettre les papiers et les bouteilles dans ces foutues boîtes, après tout. Si Fergus avait été comme lui, on aurait tous joué le jeu.

Hamish rentra à pied et trouva le poste de police vide. Pourvu que Clarry soit au travail, se dit-il, et pas à errer dans les rayons de chez Patel à la recherche d'inspiration pour ses futures recettes. Il nourrit Lugs et s'assit à son bureau, retournant dans tous les sens le peu d'éléments qu'il avait rassemblés jusqu'à présent. Si la situation ne se débloquait pas, il allait être obligé de remettre les lettres à Blair. Ses pensées dérivèrent soudain vers Mrs Fleming. Quelle fanatique, tout de même – investir autant dans le ramassage des poubelles d'un village reculé des Highlands ! Jimmy Anderson entra de son pas nonchalant.

– Pas de Blair en vue ? demanda Hamish.

– Non, et moi, j'ai mal aux pattes. Vu la taille du village, j'ai décidé d'aller interroger tout le monde moi-même. Mais votre Clarry national m'a coupé l'herbe sous le pied à chaque fois.

– Et Mrs Fleming, alors ?

– Eh bien quoi ? Qu'est-ce qu'elle a encore, cette vieille peau ?

– Tout le foin qu'elle a fait à Lochdubh avec

ses histoires d'environnement – je m'interroge, c'est tout.

– Je vois où vous voulez en venir, fit Jimmy avec un large sourire. Fergus n'y mettait pas assez du sien, alors elle a réglé ça d'un bon coup de marteau.

– C'est peut-être une hypothèse stupide, mais que sait-on d'elle, en réalité ?

– Elle était juste conseillère municipale avant d'être promue responsable environnement par le maire – promotion canapé, d'après la rumeur.

– Eh ben, dis donc. Je vais peut-être aller lui poser quelques questions, si ça n'interfère pas avec vos recherches ?

– Interférez autant que vous voulez. Ils ont besoin de moi à Strathbane. Tenez-moi au courant.

Hamish laissa un mot sur la table de la cuisine pour rappeler à Clarry de sortir le chien et grimpa dans la Land Rover. En passant devant l'école, il ralentit soudain devant la vision surréaliste qui s'offrait à lui : debout près d'un camion de déménagement, une magnifique jeune femme supervisait le déchargement des meubles. Des traits fins auréolés d'un nuage de cheveux noirs, de grands yeux bleus, une silhouette parfaite et de très, très longues jambes. La nouvelle institutrice était donc arrivée. Un immense sourire vint illuminer le visage d'Hamish. S'il était de retour à temps, il ne manquerait pas de l'inviter à dîner.

Avec un peu de chance, la nouvelle arriverait aux oreilles de Priscilla...

À Strathbane, il fut informé que Mrs Fleming était trop occupée et ne serait pas en mesure de le recevoir avant une heure. Il alla se balader pour tuer le temps, flânant devant les vitrines des magasins. Alors qu'il retournait vers la mairie, il aperçut soudain Priscilla. Elle étudiait la vitrine d'une bijouterie en compagnie de Jerry. Étaient-ils en quête d'une bague de fiançailles ? Il s'éloigna à la hâte avant qu'ils ne l'aperçoivent et jeta un œil à sa montre : l'heure de son rendez-vous avec la redoutable Mrs Fleming était arrivée.

– Asseyez-vous, sergent, l'accueillit-elle froidement.

Elle scruta sa grande silhouette dégingandée avec désapprobation, et reprit :

– J'ai déjà longuement discuté avec vos supérieurs de la P.J. Que voulez-vous ?

Hamish prit place en face d'elle et posa son képi sur le bureau.

– J'examine avec attention chaque élément de cette affaire. J'aimerais retourner au début de toute cette histoire : pourquoi avoir choisi Lochdubh pour cette expérience environnementale plutôt que Strathbane, qui en aurait pourtant plus besoin ?

– L'environnement est ma passion. Strathbane est un projet d'envergure. Je voulais commencer par un endroit plus petit. Un endroit qui fasse bel effet à la télévision.

– La télévision ?

– Bien évidemment. La clé, c'est le marketing. Lochdubh est un village pittoresque. Quand ils le verront à l'écran, les habitants des Highlands voudront *forcément* suivre ce magnifique exemple.

– Les journaux télévisés ont sûrement mieux à se mettre sous la dent que la propreté d'un village des Highlands, répondit Hamish avec malice. Il y a bien une guerre ou deux en ce moment, non ?

– J'y ai pensé, figurez-vous, dit-elle en se penchant vers lui. Nous sommes en août, et c'est toujours une période de calme plat en termes d'actualités. J'ai déjà préparé les documents pour la presse. Je viendrai à Lochdubh accompagnée du maire et des conseillers, et je ferai un discours devant les caméras.

Soudain rêveur, son regard se perdit au loin. Mon Dieu, se dit Hamish, sortez le tapis rouge et les bouquets de fleurs.

– Fergus Macleod n'était pas très apprécié, reprit-il. En fait, il était si peu populaire que les villageois refusaient de trier leurs déchets comme demandé. Alors que maintenant, ils le font sans rechigner.

Le regard de Mrs Fleming se fit d'acier.

– Osez-vous sous-entendre que j'aurais assassiné un éboueur parce que le projet ne portait pas ses fruits ?

– Non, bien sûr, s'empressa-t-il de répondre. Je

pose simplement toutes les questions possibles, afin d'avoir une image plus globale de ce qui s'est passé.

– Dans ce cas, puis-je vous suggérer de retourner dans votre bourgade et de faire votre travail là où le meurtre a effectivement eu lieu ? Il faut que vous arrêtiez cet assassin. Fergus Macleod était aussi dévoué à la cause environnementale que je le suis moi-même.

Hamish l'étudia avec curiosité.

– Si je puis me permettre, Mrs Fleming, je pense que vous aurez fière allure à la télévision.

Faussement modeste, elle déclara en baissant les yeux :

– Que j'aie fière allure ou non, là n'est pas la question. Je veux surtout œuvrer pour le bien de la planète.

Menteuse, pensa Hamish. Il se leva et lui demanda :

– Quand aura lieu cette cérémonie ?

– Mercredi prochain. J'espère que le beau temps sera de la partie. Pouvez-vous demander aux pêcheurs de mettre des drapeaux sur leurs bateaux ? Et il serait approprié que je reçoive un petit quelque chose de la part des villageois, en signe de reconnaissance. Une grosse boîte, par exemple. Même vide, ça ferait très bien l'affaire. Pour les caméras. Et une jolie fille de chez vous pourrait aussi venir m'apporter des fleurs.

Hamish acquiesça et prit congé. Quel ego surdimensionné, se dit-il, sidéré. Mais serait-elle allée jusqu'au meurtre pour avoir sa tête à la télé ? Une vraie drogue, cette télévision. Il n'y avait qu'à voir le *Jerry Springer Show* et autres émissions dans le genre. Comment pouvait-on déballer son linge sale en public et se laisser humilier de la sorte, tout ça pour apparaître à l'écran ?

Il se rendit compte qu'il ne lui avait pas demandé ce qu'elle avait fait le soir du meurtre. Sur le point de faire demi-tour, il se ravisa. Mieux valait éviter qu'elle ne se mette dans tous ses états. Elle était capable de se plaindre à Blair d'être victime de fausses accusations. Il salua la secrétaire assise à son bureau dans la pièce adjacente. Menue, tirée à quatre épingles, elle avait un visage très pâle, de petits yeux et une grande bouche peinte en rouge pétant.

Hamish hésita, et décida finalement de tenter quelque chose.

– Quel gâchis, une jolie femme comme vous, travailler pour un dragon pareil, lui glissa-t-il.

Elle laissa échapper un petit gloussement effrayé.

– Chut ! Elle va vous entendre.

Hamish se pencha au-dessus du bureau.

– Seriez-vous disponible pour aller boire un verre ce soir ?

– Peut-être.

– À quelle heure terminez-vous ?

– Dix-sept heures.

– Disons dix-sept heures, alors ?

Elle gloussa de nouveau.

– Oh, d'accord.

– Rendez-vous au bar à cocktails du Grand Hotel.

Le téléphone qui se trouvait sur le bureau sonna.

– D'accord, répéta-t-elle.

Hamish sortit. La soirée promettait d'être intéressante.

5

« Chère, magnifique mort, joyau des justes !
Toi qui ne brilles que dans la nuit ;
L'homme pourra-t-il jamais percer les mystères
Qui reposent au-delà de ta poussière ? »

Henry Vaughan

Hamish sortit son portable et appela Jimmy Anderson.

– Je me demandais, lui dit-il, si vous aviez finalement tracé ce fameux coup de fil ? Vous savez, celui que Fergus a reçu juste avant de sortir de chez lui.

– Ah, ça, fit Jimmy. Ça n'a rien donné. Il provenait de la cabine sur le quai.

– Dites à Clarry de demander à tous les habitants s'ils ont vu quelqu'un dans cette cabine. Elle s'allume, de nuit.

– *Aye*, mais il faisait encore jour quand il a reçu l'appel. Qu'est-ce que vous faites de beau ?

– Je mène ma petite enquête sur Mrs Fleming.

– Perte de temps, grogna Jimmy. Bon, je dirai à votre agent d'interroger le voisinage, pour la cabine.

Hamish raccrocha et, sur un coup de tête, composa le numéro de la femme du pasteur.

– J'ai vu que la nouvelle maîtresse d'école était arrivée, dit-il.

– Et donc ? aboya Mrs Wellington.

Hamish se maudit intérieurement : quel idiot de l'avoir appelée, elle ! Il aurait dû essayer Angela d'abord.

– Je me disais que je pourrais éventuellement l'emmener dîner ce soir, afin qu'elle se sente bien accueillie.

– Quelle bonne idée ! s'exclama Mrs Wellington à la surprise du policier.

– J'ai le numéro de l'école, mais comment s'appelle-t-elle ?

– Mrs Moira Cartwright. Elle est divorcée.

Hamish la remercia et lui dit au revoir. Contre toute attente, ç'avait été un vrai jeu d'enfant ! Étrange – Mrs Wellington était pourtant du genre à le dissuader de faire la cour à la nouvelle institutrice. Il composa le numéro de l'école.

– Mrs Cartwright ?

– Oui, qui est à l'appareil ? lui répondit une voix sèche.

– Ici le sergent Macbeth. J'ai entendu dire que

vous veniez d'emménager. J'imagine que vous êtes trop occupée pour cuisiner ce soir. Aimeriez-vous aller dîner au restaurant italien ? Nous pourrions nous retrouver là-bas à vingt heures, par exemple.

– C'est celui qui est au bord du loch ?

– Exactement.

– C'est très gentil à vous. J'y serai. À tout à l'heure.

Un sourire béat se peignit sur les lèvres d'Hamish alors qu'il rangeait son téléphone. Au diable Priscilla. Peut-être même allaient-ils la croiser, et qu'elle le verrait en si charmante compagnie...

Souriant toujours, il se rendit au Grand Hotel pour y attendre la secrétaire de Mrs Fleming.

Armé d'une patience à toute épreuve, Clarry effectuait de nouveau le tour des cottages, privilégiant ceux qui se trouvaient au plus près de la cabine téléphonique. Jusqu'à présent, il était bredouille. Le long du quai, il aperçut soudain les enfants Macleod qui marchaient dans sa direction.

– Comment va ta mère ? demanda-t-il à Johnny.

– Elle se fait embêter par le monsieur du restaurant, répondit le garçon. Elle lui a dit que c'était déjà tout propre chez nous, mais il veut pas arrêter de nettoyer.

– Je vais m'en occuper, dit Clarry. Venez avec moi.

Il avait eu vent par Hamish de Willie Lamont et de sa passion fanatique du nettoyage. Il se dirigea vers le cottage, suivi par le petit cortège des enfants. Martha était assise devant la porte d'entrée. Un bruit de frottement énergique provenait très distinctement de l'intérieur.

– Il ne veut rien savoir, fit Martha d'un ton désespéré.

– Ne vous inquiétez pas, je vais le mettre dehors. Quand a lieu l'enterrement ?

– Ils en auront fini avec le corps d'ici la semaine prochaine, apparemment. Si seulement vous pouviez arrêter le coupable. Je ne retrouverai jamais la paix avant ça.

– Vous pouvez compter sur moi, affirma farouchement Clarry.

Il entra pour régler le problème de Willie.

– Fichez le camp d'ici ! rugit-il. Et cessez de persécuter cette pauvre femme. Elle vient juste de perdre son mari, nom d'un chien !

Willie, à quatre pattes et une brosse à la main, tourna un visage peiné vers Clarry.

– Mais je fais juste ma part pour aider la communauté.

– Eh bien, allez faire votre part ailleurs. Dehors !

– Ouili ! appela depuis l'extérieur une voix avec un fort accent chantant.

L'intéressé sauta sur ses pieds.

– Ma femme !

Il se dépêcha de sortir, suivi par Clarry qui n'avait encore jamais rencontré la jolie Italienne. Il cligna plusieurs fois des yeux : elle était le charme italien en personne.

– Ouili, fit Lucia avec sévérité, on a besoin de toi au restaurant.

– D'accord, répondit-il docilement.

Lucia gratifia Martha d'un sourire éblouissant.

– Il ne faut pas faire attention à lui. Il adore faire le ménage.

Sur quoi, le drôle de couple s'éloigna main dans la main.

– Entrez donc, proposa Martha. Je vais faire du thé.

Clarry entra gaiement à sa suite, suivi par les enfants. Johnny posa doucement le bébé sur les genoux du policier.

– Alors, comment allez-vous, tous ? Vous tenez le coup ?

– On est encore sous le choc, dit Martha.

– Ce qu'il vous faut, répondit Clarry de manière très prévisible, c'est un vrai repas – ainsi qu'une bonne comédie à la télé.

– Oh, Clarry, souffla Martha avant de se mettre à pleurer.

Clarry confia le petit à Johnny et s'approcha d'elle, lui tapotant maladroitement l'épaule.

– Ne pleurez pas. Clarry est là. Je vais bien prendre soin de vous tous, vous allez voir.

Johnny lui attrapa le bras et leva les yeux vers lui.

– Pour toujours ? demanda-t-il.

– Si votre mère est d'accord, répondit-il.

Et, enhardi à présent, il prit Martha dans ses bras.

En quittant le Grand Hotel, Hamish se sentait abattu. Il n'avait presque rien obtenu de la secrétaire qu'il ne savait déjà : la soif de pouvoir de Mrs Fleming était allée crescendo depuis la mort de son mari. Mais de là à assassiner un éboueur pour atteindre la gloire, il y avait un monde.

Puis il pensa au dîner du soir même avec l'institutrice et se ragaillardit. Un coup d'œil à sa montre : il avait juste le temps de rentrer se préparer.

Clarry était de sortie. Hamish laissa Lugs sortir dans le jardin et prépara sa gamelle. Après un bain rapide, il se rasa et commença à se brosser les dents – pour réaliser avec horreur qu'il avait oublié d'acheter une nouvelle brosse à dents. Celle-ci était allée dans la gueule de Lugs ! Il frissonna de dégoût et se rinça la bouche.

Quand il rentra le chien, celui-ci l'examina de bas en haut et, comme s'il avait compris ce que signifiaient l'élégant costume et la cravate, retourna à sa gamelle la queue entre les pattes. Si Hamish était sur son trente-et-un, cela signifiait qu'il allait passer la soirée tout seul.

Hamish, quant à lui, était au comble de l'excitation. Toutes ses pensées étaient tournées vers la beauté fatale aperçue plus tôt près du camion de déménagement, éclipsant même ses interrogations à propos du meurtre de Fergus. Les jours raccourcissaient, mais il faisait encore clair. Une étoile précoce brillait dans le ciel bleu-vert du crépuscule. La bruyère faisait scintiller les flancs des montagnes qui surplombaient le village, et le reflet du soleil couchant sur le loch avait tracé un chemin de feu dans ses eaux noires. Les odeurs familières d'un village des Highlands flottaient dans l'air : arômes de tabac, feu de tourbe et thé corsé se mêlaient à la senteur des pins et aux effluves salés de la mer.

Il rajusta sa cravate et entra dans l'établissement. Plusieurs clients étaient déjà installés, des têtes connues et inconnues. Les gens venaient de loin pour dîner là. Willie apparut et lui glissa :

– Je l'ai installée à votre table habituelle, près de la fenêtre.

Hamish regarda en direction de la table en question. Une femme courtaude, d'un certain âge, y était assise. Elle avait un visage aux traits lourds, une grande bouche, des yeux pâles et proéminents surmontés de paupières tombantes. Un nœud de velours noir retenait sur sa nuque ses cheveux poivre et sel. Elle ressemblait à un homme du XVIIIe siècle sorti d'une gravure de Hogarth.

– Il doit y avoir une erreur, s'inquiéta Hamish. J'ai rendez-vous avec la nouvelle institutrice.

– Eh bien, c'est elle.

– Vous êtes sûr ?

– C'est ainsi qu'elle s'est présentée, répondit Willie. Elle a dit qu'elle vous attendait.

Le soleil disparut des fenêtres en même temps que l'espoir du cœur d'Hamish. Il s'approcha de la table avec prudence.

– Mrs Cartwright ?

Elle lui adressa un large sourire, laissant apparaître des dents jaunes et irrégulières.

– Mr Macbeth, comme c'est gentil de m'inviter à dîner pour mon premier soir.

Hamish s'installa en face d'elle.

– Nous sommes d'une nature accueillante, dans ce village. Voulez-vous boire quelque chose ?

– Un Campari-soda, s'il vous plaît.

– Vous venez juste d'arriver, donc. J'ai aperçu le camion de déménagement. Vous venez de loin ?

– Édimbourg. Je déteste les déménagements. Heureusement, j'ai une nièce très efficace. Tu te fais du souci pour rien, tata, m'a-t-elle sermonnée. Laisse-moi faire, je vais tout organiser.

– Vous auriez pu l'inviter également.

– Oh, elle est rentrée directement à Édimbourg. Elle est avocate, et elle a un procès demain.

Ils étudièrent le menu en silence. Lorsqu'elle eut choisi, Hamish commanda.

Ses pensées se tournèrent vers Priscilla, et il eut soudain le cœur lourd. Il ne cessait de se répéter qu'il n'était plus amoureux d'elle – n'empêche, il ne supporterait pas qu'elle se marie. Il se rendit compte que Mrs Cartwright lui parlait.

– Est-ce à propos du meurtre ? Vous avez l'air préoccupé.

– Oui, c'est ça, mentit-il. J'espère surtout que ce n'est pas quelqu'un du village qui a perdu les pédales et lui a mis la volée de trop.

– Dites-m'en plus.

Hamish s'exécuta et, à mesure que la soirée avançait, il commença à se détendre. Mrs Cartwright était dotée d'une qualité rare : une oreille attentive.

– Ce que je ne comprends pas, termina-t-il, c'est que personne n'ait rien vu.

– Ça peut paraître extravagant, mais si Fergus est sorti juste après avoir reçu un coup de téléphone sans dire à sa femme où il allait...

– Ça n'aurait pas été inhabituel, la coupa Hamish. Ses conversations avec elle se résumaient la plupart du temps à lui envoyer son poing dans la figure.

– J'allais dire qu'il s'agissait peut-être d'une couverture. Mais vu ce que vous venez de me raconter, la réponse est évidente. C'est elle qui l'a tué. Ou l'un de ses proches. On n'est jamais mieux servi que par soi-même, vous savez.

Sur le point de répondre une fois de plus que Martha avait toujours été soit avec lui soit avec Clarry, il s'abstint pourtant. Il fallait qu'il réfléchisse. Cette nuit-là, il avait dormi d'un sommeil de plomb. Clarry avait très bien pu se glisser dehors sans qu'il s'en aperçoive. Hamish n'avait pas parlé des lettres à Moira Cartwright – ces maudites lettres, qu'il ne pouvait pourtant plus dissimuler très longtemps.

– Qu'y a-t-il ? demanda-t-elle.

– Rien, répondit-il en haussant les épaules. J'ai juste hâte que ce soit terminé, c'est tout.

– Et ces sœurs Currie, dont vous m'avez parlé.

Elles pourraient bien être suspectes, vous ne croyez pas ?

– Quoi ? C'est ridicule. Elles ne feraient pas de mal à une mouche.

– Vous savez, on pense connaître les gens quand on les a en permanence sous le nez. Mais des passions proprement dévastatrices se déchaînent souvent au-delà des apparences.

– Vous parlez d'expérience ?

– J'ai été mariée, il y a longtemps. J'ai repris mon nom de jeune fille, mais j'utilise toujours « Mrs ». Par orgueil, vous pensez bien ! Hors de question que l'on me range dans la case « vieille fille ».

– Que s'est-il passé ?

– J'ai reçu une éducation très stricte, tandis que John avait une personnalité un peu tumultueuse – c'était ce qui me plaisait chez lui. Mes parents étaient contre ce mariage, bien sûr. Comme ils l'avaient prévu, il a mal tourné : vols de voitures, puis vol à main armée, et il a fini par tuer un veilleur de nuit. Il est sorti de prison, à présent. N'est-ce pas inouï que cette saleté d'assassin soit là, quelque part, libre de marcher dans la rue comme vous et moi ?

– Pas dans les rues de Lochdubh, j'espère.

– Il ignore où je suis. Tout cela date d'il y a trente ans, de toute façon. Alors dites-moi un peu, à quoi occupez-vous votre temps libre ici, quand vous ne vous assassinez pas les uns les autres ?

– Nous n'avons ni théâtre ni cinéma, donc les

jeunes vont plutôt à Inverness ou à Strathbane. Des soirées sont organisées de temps en temps, ou des *ceilidh* – vous savez, ces bals traditionnels écossais où l'on danse, chante, récite des poèmes, ce genre de choses. Et puis il y a la télévision, bien sûr.

– Que faisaient-ils donc pendant l'hiver, autrefois, quand il n'y avait pas la télévision ?

– Ils se rassemblaient autour des feux de tourbe et se racontaient des histoires. Un art qui est en train de se perdre, malheureusement. Les jeunes ne restent pas dans les Highlands. Et ceux qui viennent prendre leur retraite ici ne restent jamais bien longtemps. La rudesse des hivers a raison d'eux.

– Moi-même, je ne suis pas vraiment une étrangère. J'ai enseigné à Dingwall, dans le comté de Cromarty. Une ville vivante, des gens très sympathiques. Mais j'étais bien plus jeune, à l'époque, je voulais voyager. J'ai appris à enseigner l'anglais comme langue étrangère, et je suis allée en Italie, au Japon, en Thaïlande.

– Dingwall ? s'alarma Hamish, qui se rappela que Fergus Macleod avait travaillé là-bas comme comptable. Quand était-ce exactement ?

– Il y a quinze ans.

– Donc vous n'étiez déjà plus si jeune que ça.

– Alors vous, vous êtes drôlement doué en matière de compliments !

– Désolé. C'était comment, Dingwall ?

– Oh, vous connaissez cette petite ville. Il n'y

a pas grand-chose à en dire. La police là-bas est très bien.

– Parce que vous avez eu affaire à eux ?

– Vous commencez à me suspecter d'avoir un passé obscur, on dirait ! dit-elle en riant. Non, rien de tout cela. Un grossier personnage m'avait fait du chantage.

Hamish se dressa sur sa chaise.

– À quel propos ?

– J'ai reçu une lettre me demandant de laisser deux cents livres en billets de dix dans un sac sur un banc de la gare à minuit, ou bien toute la ville serait au courant que j'avais été mariée à un meurtrier. Je suis directement allée voir la police. Ils ont rempli un sac de papier et m'ont demandé de le laisser sur le banc, avant de placer l'endroit sous surveillance. Mais personne n'est venu. Je n'en ai jamais réentendu parler, mais ça a donné un goût amer à mon expérience de Dingwall et j'ai préféré déménager à Édimbourg.

– Aviez-vous un comptable, à cette époque ?

– Quelle drôle de question ! Non, je n'avais certainement pas besoin d'un comptable. Je faisais moi-même mes comptes, et je les fais toujours, d'ailleurs.

Hamish voulait lui confier que Fergus avait travaillé comme comptable à Dingwall, mais elle lui demanderait à coup sûr s'il avait quelque chose à voir avec une histoire de chantage – et il ne voulait pas risquer de mentionner quelque chose qui puisse trahir les habitants de Lochdubh.

Mais tout de même, songea-t-il : une institutrice ayant travaillé à Dingwall, victime de chantage ? Et qui vient s'installer à Lochdubh ? Un peu gros, comme coïncidence.

– Pourquoi ? demanda-t-il tout à trac. Pourquoi Lochdubh ?

– À Édimbourg, je travaillais dans un collège public surchargé d'élèves. J'aurais pu trouver un poste dans une école privée avec de plus petites classes, mais j'étais encore idéaliste. Je préférais enseigner à ceux qui avaient le moins de chance d'avoir une éducation digne de ce nom.

Elle soupira et reprit :

– C'était un cauchemar. Les élèves faisaient un bazar pas possible. De vrais voyous, filles comme garçons, avec tellement de piercings partout qu'ils ressemblaient à des pelotes d'épingles, tous autant qu'ils étaient. J'ai tenu le coup quelque temps. Je ne me suis pas fait beaucoup d'amis. Il faut dire que la plupart des professeurs avaient vite fait de trouver un poste ailleurs, voire de cesser complètement d'enseigner, tellement c'était traumatisant. Je n'en pouvais plus. Je rêvais d'une petite vie tranquille en attendant la retraite. Alors quand j'ai vu que ce poste était à pourvoir, j'ai envoyé une candidature, et me voilà.

Le cerveau d'Hamish fonctionnait à toute allure. Avaient-ils vraiment assez fouillé dans le passé de Fergus ? Il suggérerait à Jimmy une petite virée à Dingwall.

– Ma foi, c'était un dîner tout à fait agréable, se réjouit Moira Cartwright. La prochaine fois, c'est moi qui vous invite.

– Avec grand plaisir, répondit Hamish avant de demander l'addition. Bon, et si jamais vous remarquez quelque chose en rapport avec le meurtre, je vous en prie, appelez-moi.

Avec la permission de Jimmy, Hamish se rendit à Dingwall le lendemain matin, Lugs installé sur le siège passager. Le vent s'en était allé vers l'est, un beau soleil brillait dans l'air froid.

La ville de Dingwall était pourvue de parkings très commodes tout près de la rue principale, où Hamish se gara. Il somma Lugs de l'attendre, descendit de voiture et emprunta l'une des petites allées qui rejoignaient la rue.

Dingwall était bien animée, avec nombre de petits magasins dont les façades de granite gris dataient principalement de l'époque victorienne – une modeste ville des Highlands, prospère, accueillante et sans histoires.

Hamish s'arrêta en pleine rue pour sortir le papier sur lequel il avait noté le nom de l'ancien cabinet de Fergus : Leek & Baxter, experts-comptables.

Le cabinet se trouvait au-dessus d'une boulangerie. Il franchit la volée de marches en pierre où flottait une odeur de pain chaud et de viennoiseries, et ouvrit la porte en verre opaque arborant l'inscription « LEEK & BAXTER » en lettres dorées.

Assise derrière un bureau, une dame âgée tapait furieusement sur une vieille machine à écrire. Elle leva les yeux lorsque Hamish entra, puis elle soupira et lui lança :

– J'imagine que vous voulez du thé.

– Eh bien, en réalité, je suis venu voir l'un des associés.

– Mr Leek est occupé, et Mr Baxter n'est pas là. Mr Leek sera disponible dans environ dix minutes. Donc vous feriez bien de prendre un thé.

– Merci, répondit Hamish en prenant place sur un siège en cuir.

Elle alla brancher la bouilloire et, sous le regard amusé d'Hamish, entama un rituel de préparation du thé – en feuilles et non en sachet – qui tenait de la cérémonie religieuse. Sur un plateau, elle disposa une théière, un petit pot de lait, un bol de sucres et deux sablés à la figue, avant de déposer le tout sur une table basse en face de lui.

– Merci, répéta-t-il.

La tristesse sur le visage ridé de la secrétaire s'accrut lorsqu'elle retourna à sa machine à écrire.

– Je suis passée à côté, lâcha-t-elle de but en blanc.

– Pardon ? À côté de quoi ?

– Eh bien, de la libération des femmes. Enfin, rendez-vous compte, aucune petite jeunette n'irait plus vous faire le thé comme ça, de nos jours.

– Vous ne devriez pas le faire, si vous n'avez pas envie, remarqua Hamish.

– Je ne peux pas m'en empêcher. Quand on est une femme de ma génération, on prépare le thé pour les hommes.

Elle soupira de nouveau avant de reprendre :

– Qu'est-ce qui vous amène ?

– Fergus Macleod. Le connaissiez-vous ?

– Oui, j'étais déjà là quand il travaillait ici.

– Et que pensiez-vous de lui ?

– Je ne veux pas dire du mal des morts.

– Essayez, juste pour voir ?

– Eh bien… un petit emmerdeur, voilà ce qu'il était. Sans arrêt à se plaindre et à faire chanter son monde. Mais j'avais mes méthodes, avec lui.

– Ah oui ? Lesquelles ?

– Eh bien, sa spécialité, c'était de venir au travail avec une gueule de bois monumentale. Alors, quand c'était le cas, j'attendais qu'il arrive au niveau de mon bureau et je faisais tomber quelque chose très bruyamment. Ça le faisait sauter au plafond – et lui donnait un mal de crâne épouvantable.

– Pourquoi s'est-il fait renvoyer ? C'est bien ce qui s'est passé, n'est-ce pas ?

– À cause de l'alcool. C'était de pire en pire. Certains jours, il ne venait même pas du tout.

– Il ne trafiquait pas les comptes, si ?

Son visage se ferma lorsqu'elle répondit :

– Ça, ce ne sont pas mes oignons. Si ça ne vous dérange pas, je retourne à ma machine.

– Pourquoi n'avez-vous pas d'ordinateur ?

– Je leur en ai demandé un, mais ils ont dit non. Il faudrait que je fasse une formation et ils ne peuvent pas se permettre que je sois absente.

Elle se remit à marteler les touches. Hamish but son thé et grignota les gâteaux. Puis une porte donnant sur un autre bureau s'ouvrit, et un homme entra. Il examina Hamish avec curiosité avant de retourner dans le bureau en faisant signe à la secrétaire de le suivre. Elle s'exécuta, referma la porte derrière elle, et Hamish perçut des chuchotements à travers la porte. Dehors, quelque part à l'autre bout du bâtiment, on entendait les voix stridentes et surexcitées d'enfants qui jouaient. C'était une année tardive pour la récolte des fruits, alors on avait rallongé les vacances scolaires pour que les plus jeunes puissent aider à la cueillette.

La secrétaire réapparut.

– Vous pouvez entrer, l'informa-t-elle.

Mr Leek était aussi âgé qu'elle, de petite taille, avec un dos voûté, des cheveux gris et des lunettes à monture dorée.

– Asseyez-vous, dit-il. Je ne vois pas ce que je peux vous dire de plus que ce que j'ai déjà dit à cet inspecteur de Strathbane.

– J'essaie juste de me faire une idée de qui était réellement Fergus Macleod, avança Hamish patiemment.

– Il n'était pas si mal à l'époque où nous l'avons

embauché, ou plutôt, il n'avait pas l'air si mal. Et puis il a commencé à se faire une réputation d'ivrogne et à manquer le travail trop souvent, alors il a fallu le remercier.

– Ça ne m'aide pas vraiment à me faire une idée de l'homme qu'il était. Qu'a-t-il dit, par exemple, quand vous l'avez licencié ?

– Sur le moment, rien de spécial. Il est parti, c'est tout.

– Et après ? le pressa Hamish.

– Il est revenu une semaine plus tard, complètement ivre, et ç'a été la totale : insultes, menaces, des objets qui volaient à travers le bureau… J'ai appelé la police, et ils l'ont emmené. Mais nous n'avons pas porté plainte.

– Y a-t-il eu autre chose ?

– Comme quoi ?

– Il ne trafiquait pas les comptes, par hasard ?

– Non, ça n'est jamais arrivé.

– Du chantage ?

Il y eut un silence. « C'est à *moi*, c'est à *moi* », cria un enfant juste en dessous de la fenêtre. Puis Mr Leek demanda en baissant d'un ton :

– Qui vous a dit ça ?

– C'est juste une suggestion avisée, répondit Hamish qui sentait monter l'excitation.

– Je préférerais ne pas mettre cette pauvre femme dans l'embarras.

– Je resterai discret. Mais c'est important – de

plus, vous ne pouvez pas refuser de communiquer une information à la police.

– Très bien. Elle s'appelle Annie Robinson. C'était une de nos clientes, avec qui il a eu une liaison. Quand elle a mis fin à leur relation, elle pensait que ça s'arrêterait là. Mais il lui a réclamé de l'argent : si elle ne payait pas, il irait tout raconter à son mari. Elle est venue nous voir directement. C'était la goutte de trop, on l'a renvoyé.

– Est-ce que son mari a fini par être au courant ? Fergus s'est-il vengé ?

– Non. Son mari était un homme très influent. J'ai dit à Mrs Robinson que Fergus n'aurait jamais le courage d'aller le voir, mais elle ne m'a pas cru. Elle lui a tout raconté. Et voilà le résultat : il a demandé le divorce.

– Et où puis-je trouver cette Mrs Robinson ?

– J'imagine que je suis obligé de vous le dire. Elle est au 10 Cromarty Road, à Invergordon. C'est juste à côté de la gare. Elle va être bouleversée, vous savez.

– Pour le bien de Mrs Robinson, dit Hamish avec précaution, il serait peut-être mieux que cette histoire de chantage reste entre nous pour l'instant. J'en informerai Strathbane seulement si cela s'avère nécessaire.

L'entretien était terminé. Ils se serrèrent la main et Hamish se dirigea vers la sortie. La secrétaire était à présent en train de faire la poussière de la bibliothèque.

– Vous savez ce qu'il y a d'autre, avec les femmes de ma génération ? On a toujours un plumeau ou un chiffon à la main. Un coup de torchon par-ci, un coup de chiffon par-là – un vrai tic nerveux.

– Vous pouvez toujours changer vos habitudes, remarqua Hamish.

– À mon âge ? Vous n'y pensez pas.

Hamish l'abandonna à son ménage et se mit en chemin vers le parking. Lugs lui lança un regard mauvais quand il grimpa dans le quatre-quatre.

– Ne me regarde pas comme ça, le gronda Hamish. Tu auras droit à une balade une fois que j'en aurai terminé à Invergordon, pas avant.

La porte de la Land Rover était restée ouverte pendant qu'il s'adressait à Lugs. Une fillette se tenait juste en face. Elle s'enfuit en courant et cria à sa mère avec un fort accent écossais :

– Maman, regarde, regarde le policier ! Il est tellement bête qu'il discute avec son chien !

Hamish devint cramoisi et se dépêcha de démarrer, passant devant la fillette désormais réfugiée dans les jupes de sa mère. Il trouva l'adresse à Invergordon et, laissant une fois de plus un Lugs boudeur dans la voiture, alla frapper à la porte d'Annie Robinson. Une femme lui ouvrit. Elle avait la cinquantaine, un visage à la beauté un peu passée et des cheveux non teints.

– Mrs Robinson ?

– J'ai eu peur de vous voir arriver dès l'instant où j'ai appris sa mort dans le journal, l'accueillit-elle.

– Je ne pense pas que cela soit utile pour l'enquête, Mrs Robinson, mais j'aimerais juste me faire une meilleure idée de qui était Fergus Macleod.

– Entrez donc.

Il pénétra dans un petit salon à la propreté irréprochable plongé dans la pénombre. La sobriété avec laquelle il était meublé laissait supposer que Mrs Robinson ne roulait pas sur l'or. Hamish retira son képi et s'assit.

– Bien, Mrs Robinson...

– Vous pouvez m'appeler Annie, comme tout le monde.

– Très bien, va pour Annie. Je suis le sergent Hamish Macbeth. Racontez-moi cette histoire de chantage, si vous le voulez bien.

– Je ne suis pas... je n'étais pas... le genre de femme à avoir une liaison. J'étais juste bien ignorante à propos des hommes, et du mariage. Nigel, mon mari, passait sa vie à se plaindre. Vous savez comment c'est. La machine à laver tombait en panne, et c'était ma faute. Tout était toujours ma faute. Oh, maintenant, je sais bien comment sont les hommes – mais à l'époque, j'étais une grande romantique. Ça, quand on est une jeune fille, pour nous bourrer le crâne de romances, il y a du monde au portillon. Mais pour nous expliquer ce que c'est que la vie, la vraie, c'est une autre histoire. Personne pour nous prévenir de l'agressivité, du despotisme, de la mauvaise foi des hommes. Rien sur tous ces détails qui finissent par vous empoisonner l'existence. Tenez, quand un homme est malade, par exemple, c'est une grippe foudroyante, mais quand c'est une femme, ce n'est rien qu'un mauvais rhume, et puis de quoi elle se plaint, encore ? Personne pour nous dire qu'on ne sera jamais appréciée à notre juste valeur. Ni qu'être une femme moderne, c'est travailler la journée, faire le ménage le soir, et puis faire la salope dans le lit de Monsieur la nuit. Rien ! On ne nous dit rien de tout ça.

– On n'est pas tous comme ça, protesta Hamish, sur la défensive.

– Êtes-vous marié ?

– Non.

– Eh bien, voilà. Bref, un jour, j'ai perdu mon emploi. Je travaillais pour une enseigne de prêt-à-porter qui a fermé boutique. En attendant que je retrouve du travail, Nigel a dit que je n'avais qu'à me rendre utile et m'occuper des comptes. C'est donc chez le comptable que j'ai rencontré Fergus. Il a tout de suite commencé à flirter avec moi. Il me couvrait de compliments. Puis il m'a proposé un déjeuner, pour discuter des comptes, soi-disant, et m'a fait parler de Nigel. Il m'encourageait à me plaindre de lui, il poussait des exclamations horrifiées à chaque anecdote que je lui racontais. Une chose menant à une autre, on a commencé à avoir une liaison. Mais le secret et la honte de cette situation ont fini par me peser. Fergus avait laissé entendre qu'il voulait m'épouser – mais ça, c'était avant que je ne commence à coucher avec lui. Il n'en a plus reparlé ensuite, et j'ai compris que ça n'arriverait pas. Alors j'ai mis fin à tout ça. Sauf qu'il s'est mis à me faire du chantage : si je ne le payais pas, il irait tout raconter à Nigel. Autant vous dire que je suis tombée de haut. J'étais terrifiée à l'idée que mon mari l'apprenne. Alors je suis allée voir ses supérieurs et je leur ai montré sa lettre de menaces. Ils ont été très compréhensifs. Selon eux, Fergus n'aurait jamais eu le culot d'aller voir Nigel, mais moi j'étais sûre qu'il le ferait. Il pouvait toujours lui écrire. Je surveillais le courrier tous les matins, morte d'angoisse. Il n'a jamais rien envoyé. Mais je ne supportais plus la honte et la peur dans lesquelles je vivais, et j'ai fini par tout raconter à Nigel. « J'ai toujours su que t'étais une salope », voilà ce qu'il m'a répondu avant d'entamer la procédure de divorce. J'ai accepté, je n'avais pas le choix : si je refusais, il allait raconter à tout le monde que je l'avais trompé. Et puis sans divorce à l'amiable, je n'aurais rien touché du tout. Alors voilà comment je me suis retrouvée seule, à essayer de boucler mes fins de mois tout en cherchant du travail. Je n'aurais jamais dû mettre mon mariage en péril.

– Pourquoi ? demanda Hamish. Ce n'était pas ce qu'on appelle un mariage heureux, il me semble.

– D'autres s'en accommodent très bien.

Plus elle s'apitoyait sur son sort et plus son visage se rabougrissait. Submergé par l'incorrigible curiosité typique des habitants de la région, Hamish ne put s'empêcher de demander, au lieu de s'en tenir à son enquête :

– Mais pourquoi n'avez-vous pas mis fin à ses récriminations lorsque vous étiez jeunes mariés ? Dès votre lune de miel, par exemple. Pourquoi l'avoir laissé faire tout ce temps, et avoir continué d'essayer de lui plaire en menant de front le travail et les tâches ménagères ? Vous ne pouviez pas lui demander de vous aider ?

– Vous, vous ne connaissez pas les hommes. Demandez-leur de vous aider à la maison, et vous vous retrouverez seule en moins de temps qu'il n'en faut pour le dire.

Sur le point de lui faire remarquer que c'était elle qui l'avait trompé, Hamish retint sa langue de justesse.

– Qu'avez-vous pensé lorsque vous avez appris la mort de Fergus ?

– Je me suis dit qu'il avait sûrement continué sur sa lancée et encore détruit la vie d'une femme qui n'avait rien demandé – pour finir par avoir ce qu'il méritait. Mais éboueur, tout de même ! Je n'en reviens pas qu'il soit tombé aussi bas.

– L'alcool, ça ne pardonne pas.

– Si seulement ça pouvait rester entre nous, pour Fergus et moi.

– Je vais faire mon possible. Savez-vous s'il faisait chanter quelqu'un d'autre ?

Elle fit signe que non.

– Bon, si vous pensez à quoi que ce soit qui

puisse être utile, contactez-moi. Je suis au poste de police de Lochdubh.

– Voulez-vous rester prendre un thé ?

– Non, il faut que j'y aille.

Une fois dehors, il se sentit soulagé. Mrs Robinson n'avait pas eu une vie facile ; pourtant, elle ne lui était pas sympathique pour un sou.

Il roula un peu et s'arrêta au niveau de l'estuaire de Cromarty pour promener Lugs. Tout en marchant, il se creusait les méninges. Il fallait qu'il trouve l'assassin de Fergus rapidement, ou il n'aurait d'autre choix que de remettre les lettres à Strathbane.

Lugs de nouveau installé sur le siège à côté de lui, il prit le chemin du retour. Ce n'était pas la porte à côté, et il arriva éreinté par sa journée, rêvant d'une bonne petite soirée calme et reposante.

Lorsqu'il entra, Clarry, assis à la table de la cuisine, leva vers lui un visage rayonnant.

– Qu'est-ce qui vous arrive ? demanda Hamish. Vous avez gagné au Loto ?

– Je vais épouser Martha ! s'exclama Clarry, ivre de bonheur.

Hamish se laissa tomber sur une chaise.

– Je suis heureux pour vous, Clarry, mais il va falloir garder ça pour vous.

– Pourquoi ? Je veux que le monde entier soit au courant !

– Vous ne direz rien du tout jusqu'à ce que cette affaire soit classée. Si Blair a vent de cette histoire, vous allez encore vous retrouver suspect numéro un. Filez chez elle et dites-lui, ainsi qu'aux enfants, de n'en parler à personne.

Le téléphone sonna dans le bureau.

– Je prends, dit Hamish. Allez, filez donc !

Il courut dans le bureau et décrocha. Il n'entendit tout d'abord rien que des cris indistincts, avant de distinguer une voix de femme :

– C'est à cause de votre corniaud ! Vous nous avez porté malheur !

– Kirsty ? s'écria-t-il, l'inquiétude le prenant à la gorge. Que s'est-il passé ?

– Il est mort ! hurla-t-elle.

– Quoi !

Ses hurlements se transformèrent en gémissements :

– Du sang… Il y a du sang partout.

– Ne bougez pas, j'arrive immédiatement !

Hamish raccrocha d'un coup sec et se rua vers son quatre-quatre, le cœur battant à tout rompre. S'il s'agissait d'un deuxième meurtre, il n'aurait plus le choix : il devrait parler des lettres. Une fois au volant, il appela la P.J. pour signaler une suspicion de meurtre, tout en continuant d'espérer qu'il s'agisse d'un accident.

Lancée à toute vitesse, la Land Rover cahotait sur le chemin encombré de bruyères qui menait à la ferme d'Angus. Hamish se gara devant la maison. Comme la porte était ouverte, il entra. Effondrée à même le sol de la cuisine, Kirsty Ettrik berçait la tête ensanglantée de son mari en pleurant et gémissant.

– Éloignez-vous, Kirsty, lui ordonna-t-il, et laissez-moi l'examiner.

Il s'agenouilla et chercha le pouls d'Angus. En vain. La vie l'avait quitté.

Il sortit son portable, rappela Strathbane et confirma qu'il s'agissait bien d'un meurtre. Il appela ensuite une ambulance, puis le docteur Brodie, qu'il pressa d'arriver au plus vite. Enfin, il souleva Kirsty par les épaules et la fit asseoir sur une chaise.

– Quand l'avez-vous trouvé ?

Entre deux sanglots, elle articula à grand-peine qu'elle l'avait découvert par terre dans la cuisine en rentrant des commissions.

Le docteur Brodie fut le premier à arriver sur place. Il examina Angus et secoua la tête en prononçant son verdict :

– Le coup a été fatal.

– Occupez-vous de Kirsty, alors, dit Hamish. Le choc l'a anéantie.

Pendant que le docteur prenait soin d'elle, Hamish inspecta la cuisine souillée. Sur la table, une bouteille de whisky ouverte, ainsi que deux verres propres. Angus attendait quelqu'un. Dans les Highlands, on ouvrait toujours une bouteille de whisky lorsqu'on attendait un invité.

Une fois que Kirsty eut avalé deux pilules, Hamish s'accroupit près d'elle et lui demanda d'une voix douce :

– Kirsty. Angus attendait de la visite. Savez-vous de qui il s'agissait ?

– Il ne m'avait rien dit, répondit-elle d'une voix tremblante. Il était tout excité, il voulait que je sorte et que je prenne mon temps. Il disait que tous nos problèmes étaient résolus.

Elle s'effondra de nouveau.

– Laissez-la, intervint avec douceur le docteur Brodie. Elle est bouleversée.

L'ambulance arriva. Hamish alla à la rencontre des ambulanciers et les informa qu'il fallait attendre que les équipes de police soient sur place. Il avait le cœur lourd, mais tout au fond de lui-même persistait une loyauté obstinée envers les victimes de l'horrible Fergus.

Le hurlement des sirènes se fit entendre au loin. Pourvu que Blair soit en congé, espéra Hamish, avant de reconnaître la silhouette massive de l'inspecteur-chef à l'arrière de la première voiture qui déboulait dans l'allée.

La soirée fut interminable. Impossible de déterminer si le visiteur d'Angus était venu en voiture, puisqu'il n'y avait aucune trace de pneus dans le chemin cahoteux et envahi de bruyères qui menait à la ferme. Le docteur Brodie interdit fermement qu'on interroge Kirsty, qui était en sérieux état de choc, et la fit conduire à l'hôpital de Strathbane. Furieux, Blair tenta de protester, mais le médecin de l'équipe de police soutint la décision du docteur.

Jimmy Anderson prit Hamish à part.

– J'ai enquêté pour savoir s'il avait reçu des coups de téléphone et en effet, quelqu'un l'a appelé, de la même cabine que Fergus. Qu'est-ce que ça veut dire ? Est-ce qu'ils étaient amis ?

– Contrairement aux autres habitants, il n'avait rien à lui reprocher, en tout cas, répondit Hamish. Ça sent mauvais, cette histoire.

– *Aye*, ils sont partis pour ratisser tout le coin et demander aux voisins s'ils ont vu une voiture rouler en direction de chez Angus. Et votre bras droit ?

– Je lui ai dit de rester au poste pour surveiller le téléphone, mentit Hamish en réalisant avec horreur qu'il avait complètement oublié Clarry.

Il reprit :

– On ne peut pas faire grand-chose de plus, il me semble, tant que sa femme n'a pas assez récupéré pour pouvoir être interrogée.

– Qu'est-ce que ça a donné, à Dingwall ?

Hamish comprit qu'il fallait révéler quelque chose. Il espérait qu'Annie Robinson lui pardonnerait.

– Du chantage ! s'exclama Jimmy. Mon vieux, voilà quelque chose d'intéressant. Si Fergus a été assassiné après avoir fait chanter quelqu'un, qu'Angus savait de qui il s'agissait et qu'il a continué sur sa lancée… ça veut dire qu'on recherche un seul et même meurtrier.

– *Aye*, on dirait bien.

Jimmy, dont le visage rusé s'était soudain animé, continua :

– Peut-être même qu'il n'a pas fait chanter une personne, mais plusieurs. Et comment aurait-il trouvé les informations compromettantes ? Je vous le donne en mille : en fouillant dans les poubelles pour vérifier que tout était bien dans la bonne boîte. On ferait bien d'en informer Blair.

Hamish s'attendait à la tempête, et elle ne manqua pas d'arriver : alors qu'il était posté devant la maison, Blair fonça sur lui comme un bulldozer.

– Qu'est-ce que c'est que cette histoire de chantage à Invergordon ? aboya-t-il rageusement. Où est votre rapport ?

– Je venais juste de rentrer et j'étais sur le point de le rédiger, quand j'ai reçu l'appel de Kirsty, se défendit Hamish.

– Retournez immédiatement au poste et tapez-moi ça illico. Et tâchez de ne rien omettre. On va la faire venir pour interrogatoire.

Hamish regagna le poste de police, rongé de culpabilité. Juste parce que Annie Robinson ne lui avait pas été sympathique et qu'elle n'habitait pas à Lochdubh, il l'avait livrée à la police.

Clarry rentrait tout juste lorsqu'il arriva.

– Dépêchez-vous de vous rendre chez Angus Ettrik, lui ordonna Hamish. Il a été assassiné. Allez voir s'ils ont besoin de vous là-bas.

Clarry fonça vers sa vieille voiture garée au bord de la route. Dans le bureau, Hamish alluma l'ordinateur et commença à taper, alors que la pâle lueur du jour pointait à travers la fenêtre. Une fois son rapport rédigé, il l'envoya et décida de se reposer un peu. Il se débarbouilla et enfila des habits civils, qu'il décida de garder pour dormir au cas où il serait réveillé par Blair. À tous les coups, celui-ci lui reprocherait de ne pas être en tenue, mais l'idée de dormir dans la serge rêche de son uniforme ne l'enchantait guère. Lugs roulé en boule contre lui, il sombra dans un profond sommeil, pour se réveiller difficilement à dix heures quand quelqu'un frappa à la porte.

Mrs McClellan, la femme du banquier, se trouvait sur le seuil.

– Entrez, lui dit Hamish. J'étais sur le point de faire du café, vous en voulez ?

– Non, je ne m'attarderai pas. Je me suis souvenue de quelque chose.

– Quoi donc ? demanda Hamish en branchant la bouilloire.

Une bonne tasse de café bien corsé, voilà ce qu'il lui fallait pour se réveiller tout à fait.

– La dernière fois que Fergus Macleod est venu me voir, il s'est montré vraiment sympathique. Envolé, son petit rictus méprisant. Il a prétendu qu'il allait bientôt quitter Lochdubh et commencer une nouvelle vie. Voilà, c'est tout.

– Rien d'autre ?

– Non, mais il m'est venu à l'esprit que l'argent qu'on aurait pu lui prêter à la banque n'aurait jamais suffi pour déménager et recommencer à zéro. Et d'ailleurs, on aurait dit qu'il s'en fichait, de ce qu'on pouvait lui donner. Si ça se trouve, il avait mis le grappin sur quelqu'un de riche.

– Je vais recommencer les interrogatoires. Avez-vous entendu la terrible nouvelle ? Angus Ettrik a été assassiné.

– Le fermier ?

– Oui.

– Quelle horreur. Quel est donc le démon qui s'est abattu sur Lochdubh ?

– Quel qu'il soit, répondit Hamish d'un air grave, Fergus Macleod a fait quelque chose pour l'attirer parmi nous.

Il venait d'enfiler son uniforme quand Clarry arriva, pas rasé, les traits tirés.

– Fiou ! souffla l'agent en se laissant tomber sur une chaise. Ce maudit Blair m'a fait faire le tour de toutes les fermes du coin. Je suis épuisé. Quand il a su que ça n'avait rien donné, il a dit que vous deviez y aller aussi et interroger tout le monde une deuxième fois.

Hamish jeta un regard lugubre par la fenêtre. Une bruine régulière tombait – voilà ce que les habitants des Highlands, les vrais, appelaient une « belle journée ». Il enfila son ciré et lança à Clarry :

– Rendez-moi un service, allez promener Lugs, ou lâchez-le au moins dans le jardin. Je serai sûrement parti toute la journée.

Il décida de rendre visite à la voisine d'Angus, Elspeth MacRae. C'était une veuve qui s'occupait seule de sa petite ferme, et qui n'était jamais en reste quand il s'agissait de commérages.

Elspeth était en train de rentrer chez elle, accompagnée de ses chiens, lorsque Hamish arriva. C'était une femme de grande taille, avec un visage parcheminé et des cheveux gris coupés court.

– Sale histoire, Hamish, lui dit-elle en venant à sa rencontre alors qu'il descendait de voiture.

– Je ne vous le fais pas dire. Justement, c'est ce qui m'amène. Avez-vous remarqué quelque chose d'inhabituel ? Est-ce qu'Angus a eu de la visite ?

– C'est que je ne causais pas beaucoup avec lui, dit-elle en secouant la tête. On s'était disputés à propos des tourbières.

Hamish acquiesça, déjà au courant de cette histoire : Angus avait pioché dans les tourbières d'Elspeth, qui s'était plainte au comité de fermiers. Elle reprit :

– Mais bon, je bavardais toujours un peu avec Kirsty, quand il n'était pas dans les parages. Avec elle, je m'entendais bien. Le gros policier qui travaille avec vous, celui qui fait la cour à Martha Macleod, il est venu me poser des questions cette nuit.

– Donc vous n'avez rien d'autre à ajouter ?

– Eh bien, si. Ça m'est revenu juste après que

votre agent soit parti : il y a quelqu'un qui pourrait peut-être vous aider.

– Qui ça ?

– Sean Fitz. Il est de retour. Il est passé me demander une tasse de thé avant-hier. Il a sûrement fait pareil chez Angus.

Le visage d'Hamish s'éclaira. Sean Fitz était le dernier des vrais vagabonds des Highlands, vadrouillant à travers les montagnes et les landes.

– Je vais quadriller le secteur pour essayer de le trouver, dit Hamish. Est-ce qu'il a dit où il allait ?

– Non, mais en général il reste dans le même coin pendant plusieurs jours.

Hamish roula au pas sur les routes étroites qui serpentaient entre les fermes environnantes, puis rejoignit la grande route qui reliait Lochdubh à Strathbane. La pluie avait cessé et les sommets des montagnes étaient enfin dégagés. La bruyère scintillait de chaque côté de la route sous l'effet des gouttes qui perlaient encore sur ses fleurs mauves. Hamish baissa la vitre et respira à pleins poumons l'odeur de thym sauvage, de bruyère et de pin. La splendeur éclatante du paysage réduisait à l'insignifiance les bassesses commises par les hommes.

À cet instant précis, alors qu'il franchissait une colline, il aperçut le vagabond qui traînait sa silhouette échevelée le long de la route. Il le rattrapa, s'arrêta à sa hauteur et sauta du quatre-quatre.

Sean était un vieil homme avec des yeux d'enfant dans un visage ridé et tanné. Il accumulait les couches de vêtements, été comme hiver. Hamish l'interpella.

– J'ai besoin d'une information, Sean.

– C'est pas moi qu'ai pris cette truite dans la rivière du colonel, répondit Sean avec un fort accent écossais.

– Ce n'est pas le braconnage qui m'amène, le rassura Hamish. Savez-vous qu'Angus Ettrik a été assassiné ?

– Lui aussi ? Nom de Dieu, les Highlands sont presque aussi dangereux que les villes, en ce moment. J'étais chez eux, l'autre fois. Je leur ai fait du petit bois, contre du thé et un peu de monnaie.

– Avez-vous vu Angus ?

– Non, il était sorti.

– Est-ce que Kirsty a mentionné quelque chose à propos d'une nouvelle source de revenus ?

– Non, Hamish. Elle a même dit que la banque allait leur prendre la ferme, si ça continuait comme ça. Elle m'a pas donné grand-chose pour le coup de main, mais même ça, je me suis senti coupable de l'accepter.

– Sean, vous qui vagabondez autant, vous devez bien entendre des ragots, voir des choses. Pour Fergus, par exemple : deux jours avant que son corps soit trouvé, il a reçu un coup de téléphone, et puis il a disparu. Personne n'a rien vu. Vous n'auriez pas remarqué quelque chose ?

Sean hésita.

– Je m'en fiche, que vous ayez braconné, reprit

vivement Hamish. Je vois bien que vous me cachez quelque chose, vu la tête que vous faites.

– Si vous me coffrez pour ça, Hamish Macbeth, je ne vous ferai plus jamais confiance.

– Allez, Sean. Je commence à désespérer.

– J'étais à la rivière…

– L'Anstey ?

– *Aye*, j'étais sur la propriété du colonel… Vous allez pas… ?

– Je ne vais rien faire du tout. Continuez, mon vieux.

– J'ai entendu des brindilles craquer un peu plus bas, et j'ai cru que c'était le garde forestier. Je pêchais la truite.

Hamish acquiesça. Sean pêchait à mains nues dans les parties peu profondes de la rivière.

– Alors je suis sorti de l'eau pour remonter tout doucement sur la rive. Et je les ai vus, tous les deux, à travers les arbres.

– Qui ça ?

– Le colonel et l'éboueur. Le colonel était rouge de chez rouge. Je comprenais pas ce qu'ils disaient, ils étaient trop loin, mais ça gueulait.

– Donc vous avez vu le colonel Halburton-Smythe et Fergus Macleod se disputer ?

– *Aye*, j'ai pensé que Fergus s'était fait pincer en train de braconner.

– Merci, Sean, dit Hamish en sortant un billet de dix livres de son portefeuille. N'en parlez à personne d'autre, d'accord ? C'était quand ?

– Je suis pas fortiche en jours et en dates, mais c'était pas longtemps avant que j'apprenne la mort de Fergus dans le journal.

– Rien d'autre ?

– Non. Personne l'aimait beaucoup, ce Fergus, mais ça, vous le savez déjà.

– OK, Sean. Je vais réfléchir à ce que vous venez de me dire.

Il remonta dans la Land Rover, son cerveau fonctionnant à plein régime. Après la mort de Fergus, la police avait lancé un appel afin que quiconque détenant une information aille les trouver. Le colonel l'avait forcément entendu.

Il se rendit à Tommel Castle. En jetant un œil par la fenêtre du magasin de souvenirs, il aperçut Priscilla derrière le comptoir. Il se gara et entra dans la boutique.

– Tu es seule ? lui demanda-t-il.

– Comme tu peux le constater, répondit-elle.

Elle portait un ample gilet de cachemire rouge sur une chemise de soie blanche et une jupe en tweed ajustée. Ses cheveux blonds encadraient harmonieusement les traits calmes de son visage. Hamish fut soudain envahi par le désir irrationnel de la provoquer.

– Où est ton ami ?

– Jerry ? Il est rentré à Londres.

Hamish observa furtivement ses mains. Pas de bague en vue.

– Tu veux du café ? lui proposa-t-elle en lui indiquant la machine dans un coin de la boutique.

– Non, je suis ici pour une affaire importante.

Elle haussa ses sourcils parfaits.

– Tu les fais faire par une professionnelle ?

– Pardon ?

Hamish rougit légèrement.

– Non, rien. Est-ce que ton père est là ?

– Oui, il est là quelque part. Pourquoi ?

– Sean, le vagabond, l'a vu se disputer avec Fergus Macleod.

– Oui, certainement à propos du ramassage des poubelles de l'hôtel. Je t'en avais parlé, rappelle-toi, nous avons même dû embaucher une entreprise privée.

– Mais Sean les a vus *après* que Fergus a disparu.

– Hamish, mon père n'est pas un meurtrier.

– Mais il a eu une prise de bec avec Fergus, qu'il a négligé de signaler.

– Tu sais bien comment il est. Fergus était sûrement en train de braconner. Vous le faites tous. Même toi, Hamish.

– Je vais lui en toucher deux mots.

– Oui, bonne idée, répondit Priscilla froidement. C'est certainement plus judicieux que de m'en parler à moi. Sauf si tu me suspectes également, bien sûr.

– Pas besoin de prendre ce ton. Bon, j'y vais.

– Je t'accompagne.

Priscilla verrouilla la porte du magasin et ils traversèrent la cour jusqu'à l'hôtel.

– Il n'y a vraiment personne ? demanda Hamish.

– J'ai bien peur que non. Un groupe de douze personnes d'une société d'ingénierie avait réservé pour venir pêcher, mais ils ont annulé à la dernière minute. Sans raison. Papa est donc d'une humeur radieuse, tu ne vas pas être déçu.

– Je croyais qu'il avait cessé de se préoccuper de l'hôtel. N'a-t-il pas chargé Mr Johnson de s'occuper de tout ?

– Oh, il a ses moments où il nous tombe dessus. Mais ça ne dure jamais bien longtemps. Est-ce que le colonel est là ? demanda-t-elle à la jeune réceptionniste.

– Le colonel Halburton-Smythe s'entretient avec le jardinier.

Ils traversèrent le bar et sortirent par une porte-fenêtre ouverte sur un jardin qui aurait déçu n'importe quel amateur de fleurs : une immense pelouse qui descendait jusqu'à la rivière, avec pour tout ornement des massifs de lauriers, de forsythias et de fausses bruyères sous les fenêtres.

– Je m'en contrefiche que cela soit mouillé ou non, hurlait le colonel, je veux qu'on tonde cette pelouse immédiatement !

– Papa ! l'appela Priscilla.

Il fit volte-face et son visage se détendit à la vue de sa fille. Puis il aperçut Hamish Macbeth derrière elle, et ses traits se durcirent à nouveau. Il marcha jusqu'à eux et lança :

– Qu'est-ce qu'il y a ?

– Au moment de la disparition de Fergus, vous avez été entendu en pleine dispute avec lui au bord de la rivière.

Le colonel regarda Hamish avec des yeux ronds, puis se détourna légèrement et fixa la pelouse.

– Oh, ça ? Je l'ai attrapé en train de braconner, donc je lui ai passé un beau savon avant de le renvoyer.

En observant sa posture, Hamish remarqua qu'il n'était pas tourné franchement vers eux, et il en fut certain : le colonel mentait.

– Notre appel a circulé partout, dans les journaux et à la radio, stipulant que quiconque avait vu ou parlé à Fergus au moment de sa disparition devait nous contacter. Et pourtant, vous ne vous êtes pas présenté, ajouta-t-il.

– Je m'étais déjà occupé de son cas. Je ne voulais pas lui créer d'ennuis avec la police, non plus.

Quel culot, pensa Hamish. Le colonel leur signalait tous les braconniers qu'il pinçait, sans exception.

– Mais Fergus était déjà mort quand on a diffusé cet appel.

– Je n'ai rien à voir avec ça ! cria le colonel. Si vous continuez, je vais vous dénoncer pour harcèlement.

– Et si *vous* continuez, répliqua Hamish d'un ton

neutre, ce sera l'inspecteur-chef Blair qui viendra vous rendre visite.

– Pas besoin d'en faire tout un pataquès, répondit le colonel, soudain plus conciliant. Priscilla, emmène Hamish au bar et sers-lui quelque chose à boire, veux-tu ?

– Je n'ai pas soif, merci. Je vais vérifier auprès de Martha Macleod si Fergus avait pour habitude de braconner. Et si ce n'est pas le cas, je reviendrai.

Sur ce, il tourna les talons, suivi de Priscilla. Elle le rattrapa et tenta de l'apaiser :

– Ne t'inquiète pas. Je ne sais pas de quoi il s'agit, mais je vais lui tirer les vers du nez.

– Appelle-moi dès que tu en sauras plus. Je suis sûr que ce n'est rien de grave, mais tous ces mensonges commencent à me fatiguer. Les gens dissimulent des choses a priori sans importance, mais tout ce qu'ils parviennent à faire, c'est à brouiller un peu plus les pistes.

Sur le chemin du retour, il ne cessa de penser à Priscilla. Comme il aurait aimé qu'elle s'en aille à nouveau ! Oui, il aurait voulu qu'elle retourne à Londres. Peut-être qu'alors ce sentiment d'avoir perdu quelque chose de précieux, qui ne le quittait plus depuis quelque temps, disparaîtrait enfin.

Lorsqu'il arriva chez Martha, il éprouva une grande joie à voir les enfants jouer dehors devant le cottage. C'est incroyable, pensa-t-il, ce que les enfants ont comme ressources. Si seulement ce meurtre pouvait être résolu, et l'ombre qui planait sur Lochdubh, dissipée. Johnny l'informa que sa mère était dans la cuisine. Comme la porte était ouverte, il entra. L'endroit avait déjà meilleure allure : plus lumineux, plus aéré, sans parler du bouquet de fleurs sauvages qui trônait sur la table de la cuisine.

– Qu'y a-t-il ? demanda anxieusement Martha lorsqu'elle le vit.

– J'ai juste besoin d'une petite information, Martha. Est-ce que Fergus braconnait ?

– Non. Ça, j'en suis sûre. Il n'a jamais cuisiné un seul repas tout seul, donc s'il avait attrapé un poisson, j'aurais été au courant. Et de toute façon, il n'aimait pas ça, le poisson. Son truc, c'était la viande et les pommes de terre. Pourquoi ?

– Il a été aperçu au bord de l'Anstey, sur le domaine du colonel. Je me demandais ce qu'il pouvait bien fabriquer là-bas.

– Il allait souvent à la recherche d'un coin tranquille avec sa bouteille, pour boire sans être dérangé.

– *Aye*, ce n'était peut-être que ça. Comment ça va, vous ?

– Ça va bien, dit-elle, le rose lui montant aux joues. Clarry vous a-t-il dit… ?

– Oui, mais si j'étais vous, je garderais ça pour moi, Martha. Vous savez comment sont les gens.

Ils pourraient trouver ça bizarre que vous vous fianciez si tôt après la mort de votre mari.

– Je n'en ai parlé à personne. Et j'ai dit aux enfants de tenir leur langue.

– Mais vous allez bien ?

– Aussi bien que possible. Tout le monde a été vraiment adorable. Angela m'a donné un tapis rouge pour la chambre, mais il est si joli que j'ai préféré le mettre dans le salon. Il égaye drôlement la pièce.

– Bon, prenez bien soin de vous et des petits. Vous ne savez pas si Fergus avait eu des démêlés avec le colonel à Tommel Castle ?

– Non, à part un coup de fil qu'il nous a passé quand Fergus a disparu, pour se plaindre que les poubelles n'avaient pas été ramassées.

Hamish quitta le cottage le cœur lourd. Le colonel avait quelque chose à voir avec tout ça, mais tout de même, coupable de meurtre ? Il n'y croyait pas une seule seconde. Sans parler de double meurtre. Il fallait qu'il s'y remette, qu'il interroge les habitants sans relâche, encore et encore, ou il devrait donner ces satanées lettres à Strathbane. Accablé par toutes ces préoccupations, il oublia complètement la visite prochaine de Mrs Fleming et des notables, prévue pour le mercredi suivant.

6

« Eh toi ! Le Temps, voleur, prends ce que tu dois –
Quand la poussière, sur la poussière, viendra se recoucher
Prends-moi l'ouïe, les jambes, la vue ;
Puisque telles diminutions ne peuvent être évitées.
Mais par pitié laisse, oh laisse hors de ton butin
Mon émerveillement et ma curiosité ! »

Mark Antony DeWolfe Howe

Jimmy Anderson s'arrêta au poste de Lochdubh ce soir-là. Les traits tirés, il ne s'était pas rasé depuis plusieurs jours.

– Alors ? lui demanda Hamish.

– On commence à penser que le meurtre a été commis par quelqu'un qui savait ce qu'il faisait. C'était prémédité, c'est sûr.

– Qu'est-ce qui vous fait dire ça ?

– Un petit whisky ?

Hamish alla chercher la bouteille et la posa avec un verre devant l'inspecteur. Jimmy se servit et se carra dans le fond de sa chaise.

– Toutes les surfaces de la cuisine chez Angus ont été nettoyées, ainsi que la poignée de la porte. Ils ont même essuyé le sol derrière eux en s'en allant.

– Il y a une chose dont il faut que je vous parle, fit Hamish. La nouvelle institutrice. Je ne crois pas que ce soit important, mais on ne sait jamais. Elle s'appelle Moira Cartwright. Il y a très longtemps, elle était mariée à un criminel. Et quand elle vivait à Dingwall, quelqu'un l'a fait chanter. La police a essayé de piéger le coupable, mais il n'est jamais venu au point de rendez-vous.

– Donc ça aurait pu être Fergus ?

– Ça aurait pu, oui. C'était juste avant qu'il ne quitte Dingwall.

– Pourquoi est-ce qu'on n'a pas de rapport là-dessus ?

– Parce qu'il n'y avait pas de raison.

Parce que je protège toujours les villageois victimes de chantage, pensa-t-il amèrement. Il s'était promis de retenir cette information une journée, une seule, et voilà où cela l'avait mené : un deuxième meurtre avait été commis.

– Bien sûr qu'il y a une raison, protesta Jimmy. Il faut vous réveiller, mon vieux. Imaginez un peu :

la petite dame veut un poste tranquille dans le coin, elle vient faire un tour pour tâter le terrain. Elle visite l'école, ses quartiers, et elle est sûre d'avoir le boulot. Là-dessus, Fergus la reconnaît, et la fait chanter de nouveau.

– Oui, j'y ai bien pensé. Mais si elle est allée voir la police à Dingwall, elle aurait fait pareil ici, en toute logique.

– N'empêche qu'il ne serait pas inintéressant de l'interroger.

– Au fait, comment ça se fait que Blair ne soit pas sur mon dos, en ce moment ?

– Il la joue sûrement profil bas depuis cette histoire avec Annie Robinson. C'est vous qui avez dégoté son témoignage, alors que notre agent était revenu bredouille. Daviot chante vos louanges, depuis. Il n'y a rien d'autre que nous devrions savoir, n'est-ce pas ?

Hamish mourait d'envie de vider son sac. Mais il se promit une fois encore : juste un jour de plus, un seul. Il fit signe que non avant d'ajouter :

– Tout ce qu'on peut faire, c'est continuer les interrogatoires. Quelqu'un a peut-être vu quelque chose qui paraissait sans importance au début, ce ne serait pas inhabituel. Et le Grec de l'hôtel ? Que sait-on de lui ?

– Je suis allé le voir. Blair aussi. Plein aux as, le type. Il a quatre hôtels en Écosse, qui lui rapportent un paquet.

– Et qu'est-ce qu'ils valent, ces hôtels ? Est-ce

que celui de Lochdubh fera de l'ombre au Tommel Castle Hotel ?

Le visage de Jimmy se fendit d'un sourire rusé :

– Je vous connais, Hamish Macbeth. Vous n'êtes pas des Highlands pour rien, et je sais exactement ce que vous avez derrière la tête : vous espérez que le meurtrier soit un étranger au village. Un méchant investisseur venu d'ailleurs avec un plan machiavélique pour ruiner Tommel Castle. Fergus le découvre, le fait chanter, et paf – les sbires du Grec lui font la peau.

– *Aye*, répondit Hamish avec un sourire réticent, j'avoue que ça ne me déplairait pas, comme scénario. Je suis lessivé. Vous pensez qu'on va avoir droit à un peu de sommeil, cette nuit ?

– Si les journalistes vous laissent tranquille, oui. Pour l'instant, ils harcèlent surtout la P.J. à Strathbane. Machine Fleming a finalement réussi à passer à la télé. Elle s'est pointée à la conférence de presse et elle a fait un discours. Daviot était hors de lui.

– Si seulement ça pouvait être elle, la coupable, fit Hamish d'un air sombre.

– Où est votre bras droit ?

– Parti continuer les interrogatoires. Quel gâchis, un si bon cuisinier dans la police. Il a laissé mon repas au four.

– Qu'est-ce qu'il a fait de bon ?

– Du coq au vin.

– Assez pour deux ?

– Le connaissant, il y en a sûrement pour un régiment. Vous en voulez ?

– *Aye.* Vous avez un peu de vin pour faire couler tout ça ?

– Non.

– Je vais faire un saut chez Patel.

Au retour de Jimmy, Hamish servit deux généreuses portions de coq au vin.

– C'est un vrai magicien, votre bonhomme, s'exclama Jimmy. Il court toujours après la veuve, au fait ?

– Qui vous a raconté ça ? répondit vivement Hamish.

– Ah ! Tout le monde au village, rien que ça.

– Ils sont amis, c'est tout.

– Écoutez-moi bien, Hamish Macbeth. Vous êtes là à jouer les shérifs du Far West, à faire la loi tout seul. Mais un jour vous allez dissimuler une information cruciale, et ça va faire des dégâts.

Hamish éprouva soudain un remords terrible. S'il les avait mis au courant pour les lettres, Angus serait-il encore en vie ? Le fermier avait sûrement fait chanter quelqu'un dont Fergus lui avait parlé. Et si toute cette histoire avait éclaté au grand jour dès le début, Angus n'aurait peut-être pas tenté le coup. Soudain, au beau milieu d'une bouchée de coq au vin, le petit fil rose qu'il avait trouvé sur la clôture des sœurs Currie lui revint à l'esprit. Bigre de bigre ! Il fallait qu'il aille interroger les jumelles, et qu'il envoie l'indice à Strathbane sans plus attendre !

Jimmy s'éclipsa, et Hamish ignora les gémissements de Lugs.

– Pas de coq au vin pour toi, lui dit-il avec sévérité. Les os sont trop mous, c'est trop riche, et de toute façon tu as déjà eu ta gamelle. Au lit.

Il laissa un mot sur la table pour remercier Clarry, fit sa toilette, se dévêtit et alla se coucher. Lugs bondit près de lui, et le policier caressa son poil rêche. Le lendemain matin, il se rendrait chez les Currie avant de retourner voir le colonel. Il sombra aussitôt dans un cauchemar où il devait expliquer au commissaire Daviot pourquoi il avait dissimulé une information capitale à la police.

– C'est à cause de vous si le fermier a été assassiné, l'accusait le commissaire.

Il n'aurait pas dormi du tout qu'il aurait été tout aussi épuisé. Il se lava et s'habilla péniblement, puis sortit une brosse à dents du paquet qu'il avait acheté. Cette fois, c'est le dernier jour pour de bon, se promit-il. Encore un jour seulement, et les lettres seraient envoyées à Strathbane.

Clarry et lui prirent leur petit déjeuner en silence, chacun à ses préoccupations : Hamish inquiet à propos de l'affaire, Clarry redoutant que le meurtre ne soit pas résolu et qu'il ne puisse jamais épouser Martha.

– Je hais cette ombre qui plane au-dessus de

nous, lui avait-elle dit. Il vaut mieux qu'on ne nous voie pas ensemble jusqu'à ce que le meurtrier soit arrêté.

Hamish emmena Lugs faire une longue balade le long du quai. Le mois d'août ne touchait pas encore à sa fin, mais la fraîcheur précoce de l'air ne laissait aucun doute : un hiver sombre et interminable allait s'abattre sur le Nord.

Il ramena Lugs au poste, récupéra l'enveloppe avec le fil rose et se rendit chez les sœurs Currie. Il vit les rideaux s'agiter alors qu'il remontait l'allée, et Nessie ouvrit avant même qu'il ne sonne.

– Qu'est-ce qu'il y a encore ? demanda-t-elle.

Hamish sortit l'enveloppe et lui montra l'infime bout de tissu.

– J'ai trouvé ça accroché à votre clôture. Cela pourrait-il venir de vos habits ?

– Non, nous n'avons rien de rose. Du rose, à notre âge ! Et puis quoi encore.

– Et des couvertures, des draps, des serviettes ?

– Pas de rose chez nous, dit-elle en secouant la tête.

– Et rien d'important ne vous est revenu en mémoire ?

– Rien du tout. Tout ce remue-ménage avec l'annulation du mariage de Josie. Éjecté, le fiancé, et à la dernière minute ! C'est à se demander ce que les jeunes filles d'aujourd'hui ont dans la tête.

– C'est elle qui a rompu ?

– C'est ce qu'elle prétend. Sa mère est venue

nous rendre notre cadeau. J'ai dit à Jessie de le garder pour le prochain mariage, mais ça, on ne sait pas quand ce sera. Personne ne se marie, de nos jours, pas même vous, Hamish Macbeth.

Sur ces belles paroles, le policier s'échappa. Il alla récupérer la Land Rover pour se rendre à Tommel Castle. Chaque fois qu'il arrivait devant l'hôtel, il ne pouvait s'empêcher de repenser au temps où c'était encore une propriété privée, avant que le colonel ne fasse de mauvais investissements et ne perde tout. C'était Hamish qui lui avait suggéré de faire de sa vaste demeure un hôtel – mais le colonel ne lui en avait jamais attribué le mérite, bien entendu.

Lorsqu'il entra, il tomba sur Priscilla qui traversait le hall, une pile de papiers dans les bras.

– Ton père est là ? lui demanda-t-il.

– Oh, Hamish, il est allé séjourner chez des amis. Il n'a pas dit chez qui.

– Et ta mère ?

– Partie avec lui.

Hamish fit claquer sa langue en signe de désapprobation.

– Il faut que je lui parle. As-tu réussi à lui soutirer quelque chose ?

– Non, il continue de prétendre que Fergus braconnait.

– Fergus n'aimait même pas le poisson, Priscilla. Ton père ment.

– Puisque tu le dis.

– Priscilla, c'est très important. S'il appelle, cuisine-le pour savoir où il se trouve. Il faut que je lui parle.

– Je ne vois pas ce qu'il pourrait avoir à faire avec ça. As-tu envisagé la possibilité que Fergus se soit simplement rendu à la rivière pour cuver son whisky ? Et que Papa ait cru qu'il braconnait ? Il s'imagine que quiconque s'approche de cette rivière braconne. Une fois, il a même enguirlandé une innocente famille en plein pique-nique.

– Peut-être. Mais il faut quand même que je lui parle.

Le visage de Priscilla se ferma. Hamish l'observa un instant et lui dit avec douceur :

– Tu sais bien que quelque chose cloche, Priscilla. S'il te plaît, essaye de m'aider pour cette fois. Deux hommes sont morts.

– Je ferai de mon mieux, répondit-elle avec raideur. À présent, excuse-moi, Hamish, mais nous venons d'avoir deux réservations pour remplacer celles que nous avions perdues, alors j'ai à faire.

Hamish s'éloigna en s'interrogeant sur la prochaine étape. Il appela Jimmy Anderson.

– Est-ce que Kirsty Ettrik a assez récupéré pour être interrogée ?

– Non, elle est toujours sous sédatifs et les docteurs ne laissent personne l'approcher. Je suis chez Angus. On cherche toujours des indices. À mon avis, ce serait bien que vous continuiez votre tour des habitants, Hamish. Quelqu'un a forcément vu quelque chose.

Hamish raccrocha et décida de retourner voir Josie Darling. Ce fut elle qui ouvrit, le visage rouge et gonflé d'avoir pleuré.

– Oh, c'est vous, dit-elle d'une voix morne. J'ai entendu ce qui est arrivé à Angus.

– D'après ce que j'ai compris, vous avez dit à tout le monde que c'était vous qui aviez rompu avec Murdo, dit-il en la suivant à l'intérieur.

– Je n'allais quand même pas leur dire que je m'étais fait larguer par ce vaurien. Ça allait être un si beau mariage.

– Josie, parlez-moi des visites de Fergus. L'avez-vous menacé de le dénoncer à la police ?

– Non. J'avais trop honte. Tout ça, c'est la faute de Darleen MacPhee.

– Darleen MacPhee ? Qui est-ce ?

– Une de mes collègues de la banque.

– Et qu'est-ce qu'elle a à voir avec ça ?

– Elle n'arrêtait pas de la ramener avec tous ses petits copains, elle disait que je ne trouverais jamais personne. Alors quand je suis arrivée avec ma bague de fiançailles et que je la lui ai collée sous le nez, c'était le plus beau jour de ma vie. Il était hors de question qu'elle apprenne que je m'étais fait plaquer. Et maintenant, il va falloir que je lui avoue qu'il n'y a plus de mariage.

Quel orgueil désespéré, pensa Hamish. Fergus

avait été assez vif pour le remarquer et tenter d'en profiter.

– Parlez-moi de Fergus, dit-il. Comment était-il, la dernière fois qu'il est venu vous voir ?

Elle se laissa tomber sur une chaise et se frotta les yeux avec un mouchoir crasseux.

– Il était différent, lâcha-t-elle finalement.

– Comment ça, différent ?

– Eh bien, il était excité comme une puce, blagueur même. C'est bizarre d'ailleurs, c'est la seule fois où il ne m'a pas demandé d'argent.

Le regard noisette d'Hamish se fit plus perçant. Aucun doute, désormais, Fergus avait trouvé un gros poisson à faire chanter. Son cœur se serra soudain : et si c'était le colonel ? Mais il revint vite à la raison. Le colonel était incapable de tuer quelqu'un. Les meurtres avaient été prémédités, c'était sûr. Laisser le corps de Fergus dans une poubelle, ça ressemblait bien plus à une vengeance qu'à une tentative de dissimulation. Quiconque en était l'auteur ne pouvait pas savoir que les sœurs Currie ne l'utilisaient que rarement.

Il remercia Josie et prit congé, puis se rendit à la fermette de Callum McSween. Celui-ci était dans les champs à s'occuper de ses moutons. Hamish lui fit signe de loin, franchit la clôture et foula l'herbe tendre pour le rejoindre. Le sol du Sutherland était fait de roche dure recouverte d'une fine couche de terre. C'est pourquoi les fermiers de la région cultivaient peu la terre, préférant la destiner à l'élevage des moutons.

– Je prépare la foire de Lairg, lança Callum. J'ai eu une chance incroyable avec ce boulot d'éboueur, vu comment les prix du mouton se cassent la figure.

– Callum, vous qui faites la tournée des fermes et des maisons, qu'avez-vous entendu à propos du meurtre d'Angus ?

– Tout le monde est sous le choc. On pensait tous le connaître, Angus, mais pas tant que ça en réalité. Kirsty saura sûrement mieux vous répondre.

– On doit attendre qu'elle soit remise de ses émotions. Restez aux aguets de la moindre information, Callum, et appelez-moi si vous avez du nouveau.

Quelle affaire étrange, songea-t-il sur le chemin du retour. Dans les Highlands, on ne va nulle part sans se faire remarquer. Quelqu'un avait forcément vu Fergus. Sauf s'il avait rendez-vous en haut de la colline et qu'il était parti à travers champs.

De retour au poste, il entendit Clarry l'appeler depuis le bureau :

– C'est vous, monsieur ? Anderson au bout du fil.

Hamish alla prendre le téléphone.

– Je suis coincé à Strathbane, grogna Jimmy. Allez interroger l'institutrice. Demandez-lui si Cartwright est son nom de jeune fille, et trouvez celui de son mari. C'est bizarre, j'ai interrogé les collègues de Dingwall et l'opération dont elle parlait, pour démasquer le maître-chanteur, n'apparaît pas dans leurs archives. J'ai aussi vérifié auprès des écoles, et là non plus, aucune trace d'une Mrs Cartwright dans la liste des anciennes institutrices.

– Pourquoi aurait-elle menti ?

– Eh bien, justement, ce serait bien que vous le découvriez. Et pas plus tard que tout de suite.

– Toujours aucune nouvelle de Blair, au fait. C'est normal ? En général, ce n'est pas l'avis de Daviot qui l'empêche de m'enquiquiner.

– Il est à l'hôpital.

– C'est grave, j'espère ?

– Un problème de reins.

– Ça s'appelle le whisky, son problème de reins. Pas besoin d'un médecin pour ça. Bon, je file chez l'institutrice.

Hamish raccrocha et se tourna vers Clarry :

– Je ressors. Pouvez-vous aller promener Lugs ?

– Je vais faire des courses, je peux l'emmener avec moi.

Hamish marcha jusqu'au cottage qui jouxtait l'école et frappa à la porte. Moira Cartwright lui ouvrit.

– Entrez, l'invita-t-elle. Alors, cette affaire ?

Il la suivit dans le salon, enleva son képi et s'assit.

– J'aimerais comprendre pourquoi vous m'avez raconté cette histoire de chantage à Dingwall, commença-t-il.

– Voulez-vous du thé ?

– Non, juste que vous me répondiez. L'opération

en question ne figure pas dans les archives du commissariat de Dingwall, et aucune Moira Cartwright n'a jamais enseigné là-bas non plus. M'avez-vous menti ?

Il y eut un long silence. Dehors, le vent du Sutherland s'était levé, de vicieuses bourrasques qui fouettaient le comté avec force. Elle répondit enfin :

– Oui.

– Mais pourquoi ?

– Dois-je vraiment vous répondre ?

– Évidemment, que vous devez me répondre. Les inspecteurs de Strathbane qui ont effectué les vérifications aimeraient bien avoir une explication, croyez-moi.

– J'ai beaucoup d'imagination, vous savez. En fait, quand j'ai vu la tête que vous faisiez lorsque vous êtes arrivé au restaurant, je me suis bien doutée que vous aviez fait erreur, et que c'était ma nièce qui vous avait tapé dans l'œil.

– Donc vous avez décidé de faire perdre son temps à un officier de police en me mettant sur une fausse piste ?

– Oui.

Hamish étudia attentivement son visage et reprit lentement :

– Vous mentez encore. Et je ne bougerai pas d'ici tant que vous ne m'aurez pas dit la vérité.

Elle lui lança un regard désespéré et s'exclama :

– Si je vous le dis, elle ne me le pardonnera jamais.

– Qui ?

Avec un haussement d'épaules impuissant, elle lâcha :

– Fiona McClellan.

– La femme du banquier ?

Elle acquiesça, et Hamish sortit son carnet de notes.

– Racontez-moi tout depuis le début.

– C'est une amie d'enfance, on s'est connues à l'école, à Édimbourg. Depuis, on s'écrit de temps en temps. Quand je l'ai informée que j'acceptais un poste à Lochdubh, elle m'a appelée. Je ne devais en parler à personne, mais quelqu'un la faisait chanter. Elle m'a tout raconté. Je lui ai conseillé d'aller voir la police, mais selon elle son mari n'aurait pas supporté un deuxième scandale. Juste après avoir emménagé, quand je suis passée la voir, elle m'a dit que vous étiez au courant et que vous tâchiez de rester discret pour l'instant. Mais je me suis dit qu'elle ne serait jamais heureuse tant que le meurtrier courait encore les rues, et j'ai pensé que si j'en rajoutais un peu avec cette histoire de chantage, ça vous aiderait à trouver le coupable ! Voilà, c'est pour ça que j'ai inventé tout ça.

– Mais vous deviez bien vous douter qu'on allait vérifier !

– Je ne pensais pas qu'un petit commissariat

comme Dingwall aurait gardé des dossiers aussi anciens.

– La police de Dingwall opère sur une zone importante, ils sont intelligents, efficaces et, oui, ils archivent leurs dossiers. Comment avez-vous pu être aussi stupide ? Tout ce que vous avez réussi à faire, c'est à me forcer d'informer Strathbane à propos de Mrs McClellan. Et comment vais-je éviter que des charges soient retenues contre vous pour avoir fait perdre son temps à la police ?

– J'essayais juste d'aider, répondit-elle, les larmes aux yeux.

– Je vous le dis tout de suite : si rien ne s'est débloqué d'ici demain, je ne pourrai garder ça pour moi. Bon, et votre mari criminel, ça aussi, c'était un bobard ?

– Non. J'utilise mon nom de jeune fille. Il s'appelle John Sampson.

– Je ne vais pas m'occuper de ça tout de suite, il faut que j'essaie de faire avancer l'affaire aujourd'hui coûte que coûte. Vous n'avez plus qu'à espérer que je trouve le coupable.

– Peut-être que je peux vous aider ?

– Non, la rabroua Hamish. Vous avez assez essayé d'aider comme ça.

– Que vais-je dire à Fiona ?

– Pour l'instant, rien. Priez.

De retour au poste, Hamish traversa la cuisine, alla s'asseoir à son bureau et enfouit sa tête dans ses mains. Réfléchis, mon vieux, réfléchis. Angus est mort. Fergus s'était-il confié à lui ? Et Angus, désespéré à l'idée de perdre sa ferme, avait-il décidé de continuer ce que l'éboueur n'avait pas eu le temps de terminer ? D'ici demain, il n'aurait d'autre choix que d'envoyer un rapport détaillé à Strathbane, accompagné des lettres, ainsi qu'un autre rapport sur le colonel. Ils voudraient faire venir Sean Fitz pour interrogatoire et lui reprocheraient de l'avoir laissé filer. Il bondit sur ses pieds. Il fallait qu'il trouve Sean et le convainque de venir déposer son témoignage au poste dès le lendemain matin. Pourvu qu'il n'ait pas décidé de quitter la région.

Au volant du quatre-quatre, il retourna à l'endroit où il avait trouvé le vagabond la veille et ralentit l'allure pour scruter les alentours. Soudain, il se souvint de Drim. Mais bien sûr ! Ce village était l'un des endroits favoris de Sean. Il fit aussitôt demi-tour pour s'y rendre.

Une fois arrivé, il se gara devant l'épicerie. Ailsa Kennedy était à la caisse. Hamish attendit qu'elle ait terminé avec un client et lui demanda :

– Avez-vous vu Sean Fitz, le vagabond ?

– Qu'est-ce qu'il a fait ? demanda-t-elle.

– Rien. Je dois lui parler, c'est tout.

– Je l'ai vu un peu plus tôt, oui. Il est sûrement chez quelqu'un du village.

Hamish se mit en route et entreprit de faire patiemment le tour de tous les cottages, jusqu'à reconnaître enfin Sean assis devant l'un d'eux, une tasse de thé dans une main, un énorme sandwich dans l'autre.

– Ah, c'est vous, Hamish, l'accueillit-il.

– Écoutez, Sean, j'aimerais que vous me promettiez de venir au poste demain matin. Il me faut un rapport sur le colonel, qu'il le veuille ou non.

– Oh, Hamish, ce casse-pieds de Blair va m'enfermer à Strathbane pour m'interroger. Je vais me faire coffrer quand il va savoir que je pêchais sur le terrain du colonel.

– Mais non. Dites juste que vous étiez en train de vous balader. S'il vous plaît, Sean, j'ai besoin de vous sur ce coup-là.

– Eh bien, c'est entendu, Hamish, mais il y a une chose. J'aimerais bien dormir au sec cette nuit, dans un bon lit.

– Marché conclu. Vous savez où est la cellule. Venez y passer la nuit, et on s'occupera de ça demain matin.

Hamish s'assit près du vagabond et poussa un soupir.

– Entre vous et moi, Sean, il n'y a pas que le colonel que j'ai couvert. Il y en a d'autres, et maintenant je me demande si j'ai bien fait.

Sean but une gorgée de thé et croqua dans son sandwich.

– Et ça vous est pas venu à l'esprit, Hamish, que vous êtes peut-être pas le seul à faire des cachotteries pour protéger les autres ? On dénonce pas ses amis, dans les Highlands.

Hamish médita là-dessus. Les villageois se serraient les coudes, c'était sûr. Ils étaient tout à fait capables de mentir pour protéger quelqu'un. Mais il les avait interrogés sans relâche.

– Je les ai tous cuisinés mille fois, Sean. Pourquoi quelqu'un se déciderait-il à parler maintenant ?

– Vous pourriez les piéger. Faites croire que vous savez déjà.

– Mais à qui ?

– Eh bien, mon gars, si quelqu'un à Lochdubh a remarqué quelque chose, ça ne peut être que les sœurs Currie.

– Sean, vous déraillez. Elles signalent absolument tout ce qu'elles voient.

– Peut-être pas.

Hamish le scruta avec intensité.

– Si vous savez quelque chose, Sean, vous feriez mieux de me le dire. Tel que vous me voyez, je suis à bout.

– C'est juste une suggestion avisée.

Hamish se leva.

– Je vous dis à ce soir, Sean.

– *Aye*, épatant.

En cheminant vers le rivage pour regagner la Land Rover, Hamish pensa à ce que Sean venait de lui dire. Il appela au poste pour savoir s'il avait reçu des messages et Clarry répondit, tout excité :

– Votre amie Priscilla est passée. Leur chef a

rendu son tablier, et elle m'a demandé si je pouvais les aider en cuisine.

– Clarry, on est au beau milieu de deux affaires de meurtre.

– Mais je serais capable de cuisiner là-bas, monsieur. J'en suis sûr.

– Je passe au château et je vous tiens au courant.

Il se mit en route vers Tommel Castle. En se garant, il aperçut la chevelure blonde de Priscilla dans la boutique de souvenirs. Le parking était bondé. Ce petit commerce était de nouveau florissant.

– Clarry t'a-t-il dit… ? commença Priscilla quand elle le vit entrer.

– Oui. On va faire un marché, Priscilla. Tu vas tâcher de trouver ton père et de le convaincre de me dire la vérité au sujet de sa dispute avec Fergus, et je t'envoie Clarry.

Il étudia son visage, qu'elle prit grand soin de garder impassible.

– Tu sais où il est ! s'exclama-t-il.

Elle baissa les yeux et fit mine de fouiller le carton de bijoux écossais qu'elle venait de recevoir. Il l'observa un moment encore, puis lança :

– Il faut que tu me l'amènes, Priscilla. Je dois de toute façon faire un rapport à son sujet, donc soit il accepte de me voir, soit c'est à Blair qu'il aura affaire.

Sur ce, il tourna les talons, traversa le parking et entra dans l'hôtel, où il gagna le bureau.

– Bonjour, Hamish, dit Mr Johnson.

– Savez-vous où se trouve le colonel ?

Le gérant fit signe que non et ajouta :

– C'est le branle-bas de combat, ici. Il nous faut un cuisinier pour ce soir. Priscilla vous a-t-elle demandé, pour Clarry ?

– Oui, et je lui ai répondu : pas de colonel, pas de Clarry.

– Qu'est-ce qu'il a fait ?

– Rien, très certainement. Mais il a été vu en pleine dispute avec Fergus au bord de la rivière. Vous ne sauriez pas à quel propos c'était ?

– Non. De toute façon, je suis trop inquiet pour le service de ce soir, je suis incapable de penser à quoi que ce soit d'autre.

– Je ferais peut-être bien de parler à nouveau avec Heather Darling. Est-ce qu'elle travaille aujourd'hui ?

– Elle a démissionné.

– Pourquoi ?

– Elle n'a pas donné de raison.

– Il faut que j'aille la voir.

En quittant le parking, il aperçut Priscilla dans le magasin. Comme le bon vieux temps où ils discutaient ensemble de ses enquêtes semblait loin ! Elle était devenue encore plus distante.

Il roulait doucement le long du quai lorsqu'il vit Nessic Currie en train de jardiner. Il s'arrêta et descendit de voiture.

– Encore là à rêvasser ? lui lança-t-elle en se penchant pour arracher une mauvaise herbe.

Sa remarque irrita tellement Hamish qu'il répondit rageusement :

– Et vous, encore à me cacher quelque chose ?

– Et qu'est-ce qui vous fait croire ça ? répondit-elle sèchement.

Mais une certaine fausseté dans sa voix convainquit Hamish de la jouer à la Blair.

– Je vous prie de me suivre au poste, dit-il.

– Ah bon, et pourquoi ça ?

– Je veux une déclaration de votre part, comme quoi vous n'avez pas vu Fergus Macleod du tout le soir de sa mort, et je veux que vous le juriez sur la Bible !

Elle leva vers lui des yeux agrandis par les verres de ses lunettes. Hamish lui rendit son regard, son visage habituellement jovial à présent dur et fermé.

– Vous feriez mieux d'entrer, lui dit-elle avant de le conduire à l'intérieur.

– Où est votre sœur ?

– Aux commissions, chez Patel.

Hamish retira son képi, s'assit et sortit son carnet.

– Bien, Nessie, dites-moi tout.

– Je ne voulais pas lui causer d'ennuis, à ce brave petit gars.

– Qui ça ?

– Archie Maclean.

– Quand, et où ?

– Ça devait être le soir de la mort de Fergus. Je suis sortie dans le jardin derrière la maison pour prendre un peu l'air. Et je les ai vus, tous les deux, là-haut dans les pâturages.

– Ils se disputaient ? Se battaient ?

– Non.

– Et après ?

– Fergus est parti par le haut, et Archie est redescendu.

– Mais, bon sang, pourquoi ne m'avez-vous pas dit ça plus tôt ?

– Ce n'était pas très important.

– Un homme se fait assassiner, vous êtes le seul témoin qui l'ait vu le soir de sa mort, et vous trouvez que ce n'est pas important ?

– Pas besoin de me crier dessus comme ça, Hamish Macbeth. Je me suis servie de mon cerveau, c'est tout. Chose que vous devriez essayer, d'ailleurs. Archie Maclean. Le garçon le plus convenable qui ait jamais vécu à Lochdubh.

– Je vous demande de venir au poste demain pour faire votre déposition.

– Pourquoi demain ?

Parce que demain est le jour où je fais tomber cet immense château de cartes plein de subterfuges et de dissimulation, sous les yeux de tout le village, pensa le policier.

– Parce que aujourd'hui, j'ai à faire, répondit-il sévèrement.

Il gara la Land Rover au poste et partit à la recherche d'Archie à pied. Archie Maclean, se répéta-t-il sombrement. Archie, avec son costume trop serré et sa femme qui le martyrisait, faisait partie du décor, ici à Lochdubh. C'était un homme gentil et doux. Se pouvait-il que Fergus ait trouvé quelque chose à son propos et l'ait menacé d'en informer Mrs Maclean ? La seule personne au monde capable d'effrayer Archie, c'était sa femme.

Il le trouva assis sur la jetée et se demanda pour la première fois quand est-ce que le pêcheur dormait. La nuit, il partait en mer, et pendant la journée on le voyait souvent au village, tout fringant.

– Archie ! le héla Hamish. Il faut que je vous parle.

– De quoi ? répondit aimablement le pêcheur.

Il roula une cigarette qu'il glissa entre ses lèvres, l'alluma et prit une bouffée. Hamish ressentit l'envie pressante de fumer, lui aussi.

– Archie, un témoin vous a vu parler à Fergus dans les pâturages le soir de sa mort.

– Ah oui ? Et qui donc m'a vu ?

– Peu importe. Répondez à ma question. Lui avez-vous parlé ce soir-là ?

– *Aye.*

– Il va falloir tout me raconter, Archie. C'est grave.

– J'avais pas envie qu'on m'emmène à Strathbane, tout ça pour me faire cuisiner à propos de l'éboueur. J'ai rien à voir avec sa mort, moi.

– Dites-moi ce qui s'est passé.

– Ma femme rouspétait sans cesse après moi à

cause de l'alcool. Comme je voulais boire un petit coup tranquille avant de partir en bateau, j'ai pris une demi-bouteille chez Patel et je suis monté dans les champs. C'est calme, là-haut, c'est agréable. J'étais bien installé dans la bruyère quand j'ai vu Fergus qui arrivait, tout endimanché. Et là il me dit : « Tu picoles en cachette. Je parie que Madame serait heureuse de le savoir. » Alors je me lève, et je lui dis ses quatre vérités. Que c'est une vraie petite ordure. Que le village entier le déteste. Il a juste rigolé avec son air méprisant, et il a fait : « T'inquiète donc pas. Vous m'aurez bientôt plus sur le dos. » Puis il est parti à travers champs.

– Avez-vous une idée d'où il allait ?

– Non.

– Il avait bu ?

– Pas une goutte, mais ça l'empêchait pas d'être méchant comme une teigne.

– Il va falloir qu'on en reparle, Archie. Vous auriez dû me raconter ça plus tôt.

Hamish rentra au poste de police.

– Priscilla a appelé, lui dit Clarry. Son père vous recevra à dix-neuf heures.

– Bien.

– Alors, je peux y aller ?

– Où ça ?

– Eh bien, en cuisine ?

– Ah, oui, allez-y. Mais allez d'abord faire un tour dans les pâturages.

Il lui raconta l'épisode Archie Maclean et continua :

– Commencez à inspecter les alentours. Regardez s'il y a des traces de sang. C'est bien trop tard, évidemment, la pluie aura déjà tout rincé. Mais voyez tout de même si vous ne pouvez pas trouver quelque chose qui indique dans quelle direction il allait. Je vous rejoins dans pas longtemps. J'ai quelqu'un à voir, d'abord.

Alors qu'il marchait en direction de chez les Darling, Hamish sentit son estomac grogner. Il mourait de faim, mais cette soudaine éclaircie dans son enquête avait agi sur lui comme une piqûre d'adrénaline. Le repas pouvait attendre.

Personne ne répondit lorsqu'il frappa à la porte. Il attendit un moment, avec la nette impression qu'il y avait quelqu'un à l'intérieur. Il fit le tour, franchit le portail du jardin et descendit la pente. Après quelques mètres, il se retourna d'un coup et scruta la maison. Un rideau tressaillit.

À travers la fente de la boîte aux lettres, il cria :

– Police ! Je sais que vous êtes là. Ouvrez !

Il attendit encore quelques instants et la porte s'ouvrit sur Heather Darling, qui leva vers lui un regard angoissé.

– Pourquoi n'avez-vous pas ouvert la première fois que j'ai frappé ? demanda-t-il suspicieusement.

– La machine à laver était en route, se défendit-elle. J'ai cru entendre quelque chose, mais je n'étais pas sûre.

– Je peux entrer ?

Elle eut un mouvement de recul, puis l'invita avec réticence à la suivre dans le salon.

– Comment se fait-il que vous ayez quitté le Tommel Castle Hotel ?

– Je ne vois pas en quoi ça regarde la police, répondit-elle avec défiance. En vérité, j'ai besoin de repos. Josie est retournée à la banque et elle a eu une petite augmentation, donc elle m'a dit de m'arrêter quelque temps.

Hamish étudia son visage et lui dit simplement :

– Vous mentez. J'ai bien l'impression que tout le monde dans ce village n'a fait que me mentir à propos de choses et d'autres. Allons, Heather, que s'est-il passé ? Vous êtes-vous disputée avec le colonel ?

– Mais puisque je vous le dis ! J'avais juste besoin de me reposer.

– Et puisque je vous dis que vous mentez, explosa soudain Hamish, et ça va faire mal quand j'aurai trouvé pourquoi !

Voilà un spectacle digne de Blair, se blâma-t-il intérieurement. Heather haussa les épaules et s'assit.

– Je ne veux pas paraître déloyale, céda-t-elle. Ils ont été très bien avec moi, à Tommel Castle.

– Où est-ce que vous voulez en venir ?

– Je commence au nouvel hôtel dans deux semaines.

– Pourquoi ?

– Eh bien, c'est moderne, là-bas, et puis c'est d'un chic...

Hamish s'assit également et lui lança un regard sagace.

– Ils vous paient mieux ?

– *Aye*, et pas qu'un peu. Enfin bref, qu'est-ce que ça peut bien vous faire, où je travaille ?

– Rien. Mais quand vous refusez de m'ouvrir, et qu'ensuite vous me mentez délibérément, comprenez que je me pose des questions. Écoutez, Heather, je dois continuer les interrogatoires parce que le temps file, et si je ne trouve pas quelque chose aujourd'hui, la lettre que Murdo a envoyée à Josie sera remise à la police.

– Maintenant que tout le monde sait que le mariage est annulé, ça ne la dérangera pas plus que ça.

– Êtes-vous sûre de votre choix ? Je parle de l'hôtel. Les Halburton-Smythe sont de bons employeurs. Vous ne les connaissez pas, ces nouveaux arrivants.

– Il faut que je tente le coup.

– Mais si tout leur personnel commence à s'en aller, les Halburton-Smythe risquent de courir à la ruine.

– Ils n'ont qu'à mieux nous payer. Peut-être que j'y retournerais, si c'était le cas.

– Avez-vous bien réfléchi à tout ça ? Quelles sont les conditions ? Avez-vous un contrat, au moins ?

Et que se passerait-il s'ils décidaient de vous virer du jour au lendemain ?

– Je suis une bonne employée.

– Donc si je comprends bien, vous aurez un bon salaire et de généreux avantages. Et combien de vacances ?

– Ils ont dit qu'on verrait tout ça une fois que j'aurai commencé. C'est vrai, il faut les comprendre. Tous les nouveaux employés sont à l'essai pendant un mois.

– Un mois d'essai, pour un emploi de femme de ménage ? Ça ne fait pas un peu beaucoup, par hasard ?

– Oui, mais c'est une grande entreprise, vous savez, répondit-elle naïvement. Mr Ionides a des hôtels de partout. Si on travaille bien, on pourra peut-être aller à l'étranger – c'est lui qui l'a dit.

– Si j'étais vous, je ferais bien attention, la mit en garde Hamish, et je ne m'engagerais pas sans accord écrit. À Tommel Castle, ils vont devoir vous remplacer – ça m'étonnerait qu'ils soient à vos pieds quand vous essaierez de récupérer votre emploi.

– Ne vous en faites pas pour moi. Si vous aviez vu les chambres ! Des robinets en or dans les salles de bain, des draps roses sur les lits. Ah ça, pour être magnifique, ça l'est.

– Et comment vous ont-ils abordée ?

– J'ai reçu une lettre me proposant un entretien.

– Comment ont-ils eu votre adresse ?

Elle eut l'air confuse, puis répondit :

– Oh, vous savez bien comment c'est, au village. Tout le monde se connaît.

– Promettez-moi de leur demander un autre rendez-vous et d'exiger un accord convenable.

Un éclair de malveillance typique des habitants des Highlands brilla dans les yeux d'Heather lorsqu'elle siffla :

– On sait tous que vous portez un intérêt bien particulier à la famille Halburton-Smythe.

– Je vous arrête tout de suite, ça n'a rien à voir, répondit-il avec raideur. Contentez-vous de suivre mes conseils.

En quittant le cottage, il s'arrêta quelques instants devant le portail et contempla le nouvel hôtel en contrebas, près du port. Sachant que les inspecteurs l'avaient déjà longuement interrogé, il n'avait pas pris en compte le nouveau propriétaire dans ses investigations. Mais à présent, il brûlait d'envie de rencontrer lui-même le personnage. Il marcha jusqu'à l'hôtel et se présenta à l'accueil, avant de se diriger vers une porte qui arborait l'écriteau « Bureau ». Il frappa et entra. Une femme séduisante travaillait sur un ordinateur.

– Pourrais-je m'entretenir avec Mr Ionides ? demanda Hamish.

Elle cessa de taper sur le clavier.

– À quel propos ?

– Les meurtres, évidemment.

– Le temps de Mr Ionides est précieux, et il en a plus qu'assez de le perdre avec cette histoire.

– J'aimerais néanmoins une entrevue avec lui.

Elle enregistra précautionneusement son travail et entra dans la pièce attenante. Hamish regarda autour de lui : armoires de classement, fax, imprimante laser, trois téléphones alignés sur le bureau – niveau équipement, ces gens-là ne faisaient pas semblant. La porte s'ouvrit de nouveau et la secrétaire articula :

– Il a un petit instant à vous consacrer.

Hamish entra. Derrière un bureau géorgien en bois de rose, Mr Ionides se leva.

– Vous êtes… ?

– Sergent Hamish Macbeth, du poste de police de Lochdubh.

– Ah, oui, je vous en prie, asseyez-vous.

La grande carcasse dégingandée d'Hamish se contorsionna pour s'asseoir sur une chaise minuscule en face du bureau. Il se demanda si la petitesse de la chaise était calculée afin que le propriétaire grec ait un ascendant psychologique sur son interlocuteur.

Il observa le fameux Mr Ionides : petit, soigné, le cheveu soyeux et les yeux d'un marron étincelant, il portait un veston croisé à rayures craie et une cravate de soie rouge couplée à un mouchoir assorti dans la poche de sa veste.

– J'enquête sur le double meurtre survenu à Lochdubh, commença Hamish. Vous ou l'un de vos employés avez-vous remarqué l'arrivée d'étrangers dans la région ?

– J'ai déjà répondu à cette question, répondit Mr Ionides d'un ton las. À part Miss Stathos et moi-même, non.

– Et vous projetez d'engager des locaux ?

– C'est l'idée, oui. J'emploie toujours les habitants de la région où se trouvent mes hôtels.

– Donc, d'après ce que j'ai compris, vous avez prévu de débaucher les employés de l'hôtel déjà existant.

Le riche propriétaire haussa les épaules.

– Et pourquoi pas ? En amour comme dans le secteur de l'hôtellerie, tous les coups sont permis. Il n'y a pas beaucoup de travail, par ici. Le Tommel Castle trouvera bien vite des remplaçants, quand bien même ils en auraient besoin.

– Pourquoi Lochdubh ? demanda abruptement Hamish. Pourquoi avoir choisi de venir ici ?

– Pour la pêche, répondit simplement Mr Ionides. Je suis un passionné – la pêche en haute mer, la pêche en eau douce, tout, la totale.

– Mais le meilleur endroit pour pêcher dans la région est la rivière Anstey, et c'est le colonel qui en détient les droits.

– Rien ne m'empêche d'acheter un permis. Bon, y avait-il autre chose ?

– J'aimerais vous demander votre aide. Si quoi que ce soit vous revient, ou si vous entendez quelque chose qui pourrait avoir un lien avec les meurtres, je vous serais reconnaissant de m'en informer.

– Oui, je dirai à Miss Stathos de vous contacter. À présent, je vais m'y remettre, si vous voulez bien. J'ai un emploi du temps chargé.

Hamish le fixa un instant d'un air un peu stupide, se creusant la tête pour trouver autre chose à lui demander. Ionides lui lança un regard amusé. Le policier finit par s'extirper laborieusement de la petite chaise.

– Merci pour votre aide, dit-il en sortant.

De retour dans l'entrée, il se figea quand il entendit la voix de Ionides :

– Anna, j'ai bien peur que le taux de consanguinité dans la région ne soit dangereusement élevé. Ce policier n'a pas inventé la poudre, croyez-moi.

Hamish sortit à grandes enjambées, retourna au poste de police et se hâta jusque dans le bureau. Il fallait qu'il en sache plus sur ce Ionides. Il allait appeler l'inspectrice-chef Olivia Chater, à Glasgow. Une fois le téléphone en main, il hésita cependant. Autrefois coéquipiers sur une enquête, ils avaient eu une histoire, mais elle l'avait quitté pour déménager à Glasgow. Il se reprit : les affaires sont les affaires, et Olivia faisait partie des meilleurs inspecteurs qu'il connaissait. Il appela Glasgow et demanda à lui parler. Quelques instants plus tard, une voix d'homme répondit :

– Ici l'inspecteur George McQueen. On me dit que vous voulez parler à l'inspectrice-chef Chater.

– Oui.

– Qui est à l'appareil ?

– Pardon, je suis le sergent Hamish Macbeth, du poste de police de Lochdubh dans le Sutherland. Nous avons travaillé ensemble sur une enquête.

– Je suis désolé de devoir vous l'apprendre, mais Olivia est décédée.

Hamish s'agrippa au téléphone.

– Décédée ? répéta-t-il. Que s'est-il passé ?

– Un cancer.

– Un cancer ?

Une tristesse infinie s'abattit sur lui. Si seulement elle avait téléphoné, il aurait pu être là pour elle.

– Quand est-ce arrivé ? demanda-t-il.

– Il y a environ trois mois. Navré d'avoir à vous annoncer une aussi triste nouvelle.

Au prix d'un grand effort, Hamish réussit à se reprendre.

– Nous avons affaire à un double meurtre, ici.

– *Aye*, j'en ai entendu parler.

– J'ai besoin d'informations sur un propriétaire d'hôtels, Ionides. Ça vous dit quelque chose ?

– Attendez, je vais regarder dans la base de données.

Alors qu'il patientait, Hamish pensa à Olivia, et se sentit envahi par le chagrin. Il avait voulu l'épouser, à l'époque. Comment avait-il pu l'oublier aussi vite ? L'inspecteur finit par reprendre la communication.

– Il y a quelque chose de pas net, mais il n'a jamais été inculpé de quoi que ce soit.

– Comment ça, quelque chose de pas net ?

– Eh bien, il voulait acheter un hôtel vers le village d'Aberfoyle, mais le propriétaire ne voulait pas vendre. Et là, il a commencé à se passer de drôles de bricoles.

– Quoi, par exemple ?

– L'hôtel avait un excellent cuisinier, et le type a rendu son tablier pour réapparaître dans l'une des cuisines de Ionides, à Glasgow. D'autres employés ont fait pareil. Puis une alerte sanitaire a fait fermer l'hôtel – des cafards trouvés dans la cuisine. Le propriétaire a perdu tellement d'argent qu'il a été obligé de vendre à Ionides, et pas cher, en plus. Mais on n'a jamais rien pu prouver. Et puis il y a eu cette histoire de sans-papiers à Stirling. Quand il a lancé son affaire là-bas, il n'a embauché que des locaux, mais ça n'a pas duré longtemps : ils ont vite été remplacés par des étrangers – des Philippins, je crois. On a eu un coup de fil comme quoi ils n'avaient pas de permis de travail, et on a fait une descente. C'était vrai. Mais Ionides s'en est tiré, un peu acrobatiquement il faut dire. Il a prétendu n'être au courant de rien, que les Philippins avaient promis de fournir les documents, et comme ils travaillaient là-bas depuis peu de temps, le juge a laissé passer. Voilà, c'est tout ce que j'ai sur lui.

Hamish le remercia et raccrocha. Et si, pensa-t-il, son cerveau fonctionnant à mille à l'heure, Ionides avait trempé dans des affaires louches auparavant, puis décidé de continuer à Lochdubh, et que Fergus avait découvert sa combine ? Quelle poule aux œufs d'or il aurait fait. Qu'avait-il bien pu trouver ? Une lettre ? Ou peut-être un fax. Ionides n'aurait jamais pris le risque d'évoquer ses plans de ruiner le Tommel Castle Hotel par e-mail.

Clarry déboula et, tout nerveux, il s'exclama :

– Bon, j'y vais, je vais cuisiner à l'hôtel.

– Ça marche, fit Hamish d'un ton absent.

– Vous pensez que j'en suis capable ? Je n'ai jamais cuisiné pour autant de personnes d'un coup.

– Vous vous en sortirez très bien. On se verra peut-être là-bas, je vais venir m'entretenir avec le colonel. Est-ce que Lugs a eu sa gamelle ?

– Oui, et je l'ai sorti, aussi. Il roupille dans son panier.

Puis il s'en alla, et Hamish appela Mr Johnson.

– Pouvez-vous me communiquer l'adresse du cuisinier qui vous a fait faux bond ?

– Une minute, Hamish, je vais regarder ça.

Le policier attendit patiemment que Mr Johnson revienne.

– Il réside dans la pension de Mrs Ryan, juste après le pont.

– Très bien. Comment s'appelle-t-il ?

– Jeff Warner.

Hamish le remercia et raccrocha. À l'endroit indiqué, Mrs Ryan lui ouvrit et l'informa que Jeff était dans sa chambre.

– Si vous pouvez m'y conduire, demanda Hamish.

Elle le précéda en haut d'un étroit escalier en bois, ses pantoufles usées à l'arrière claquant sur les marches.

– Il a fait quelque chose ? s'enquit-elle. C'est un endroit convenable, ici.

– Non, il n'a rien fait du tout, la rassura Hamish.

– Voici sa chambre.

– Merci.

Il frappa à la porte et lança :

– Police.

Un homme courtaud et robuste lui ouvrit. Il empestait le whisky.

– Quoi ? fit Jeff.

– J'ai juste deux mots à vous dire, répondit Hamish, conscient que la tenancière écoutait avidement.

– Entrez.

La chambre était petite et sobrement meublée. D'un côté, un lit étroit avec un couvre-lit en chenille rose, de l'autre, un fauteuil, un petit téléviseur, une penderie et un lavabo.

– Qu'est-ce que vous voulez ? demanda Jeff.

– Vous avez donné votre démission au Tommel Castle Hotel ?

– Et alors ? C'est un crime ?

– J'ai besoin de savoir si on vous a offert un travail au nouvel hôtel.

– Pourquoi ?

Hamish était épuisé et affamé.

– Dites-le-moi, bon sang ! hurla-t-il.

– Oh, ça va... Et alors, y a pas de mal à ça. Je suis un bon cuisinier, et les nouveaux m'ont proposé un plus gros salaire.

– Mais il n'est même pas encore ouvert, cet hôtel.

– *Aye*, mais ils me payent d'ici à ce que je commence, et je peux vous dire que c'est un paquet comparé à ce que me donnait ce radin de colonel.

– Il va falloir que vous veniez au poste demain pour faire une déposition.

– Quoi ? Je veux juste un meilleur boulot, c'est pas interdit, que je sache.

– Faites ce que je vous dis, un point c'est tout.

– Bon, puisque vous insistez. Mais c'est complètement stupide.

Hamish s'en alla. Il était sur le point de remonter en voiture, quand il se figea soudain. Rose. Le fil qu'il avait trouvé sur la clôture des sœurs Currie était rose. Heather avait mentionné les draps roses du nouvel hôtel. Le couvre-lit de Jeff Warner était rose. Il s'installa au volant. Le colonel Halburton-Smythe allait parler.

7

« Demain, et puis demain, et puis demain,
Se glisse à petits pas de jour en jour,
Jusqu'à l'ultime syllabe du registre du temps,
Et tous nos hiers ont éclairé pour des sots
Le chemin de la mort poussiéreuse. »

William Shakespeare

Sur le point d'entrer dans le poste de police, Hamish entendit un vrombissement qui se fit de plus en plus sonore. Il mit sa main en visière et scruta le ciel. Un hélicoptère était en train d'atterrir derrière le nouvel hôtel, avec seulement un pilote à son bord.

Hamish appela Jimmy Anderson.

– Écoutez, il y a du nouveau. Peut-on obtenir un mandat de perquisition pour le nouvel hôtel ?

– Il va vous falloir une sacrée bonne raison. Qu'est-ce qui se passe ?

– J'ai bien l'impression que Fergus avait mis la main sur un gros poisson. Et quel est le seul gros poisson dans les parages ? Ionides, le nouveau propriétaire.

– C'est tout ce que vous avez ?

– Non, pas seulement. Il y a quelque chose de louche dans son casier judiciaire.

– Mais rien de criminel. On a déjà passé tout ça en revue. Je vous l'ai dit, Hamish, vous êtes tellement désespéré de coincer un étranger que vous vous raccrochez à n'importe quoi. La réponse est non, mon gars. Par contre, il y a une autre piste que vous feriez bien d'explorer.

– Laquelle ?

– Si le lascar avait trouvé un gros poisson, pourquoi n'avez-vous pas pensé au colonel Halburton-Smythe ?

Hamish garda le silence.

– Alors ? insista Jimmy. Ou bien est-ce que le père de votre petite copine est exclu d'office du banc des suspects ?

– Ce n'est pas ma petite amie, répondit Hamish avec véhémence. J'explore toutes les possibilités de l'enquête, voilà tout.

– Trouvez-moi quelque chose de solide sur Ionides, et je vous le ferai, votre mandat. Il y a quelque chose qui cloche, Hamish, entre vous et cette affaire. Vous êtes en train de divaguer, mon vieux. Vous ne me cachez rien, on est d'accord ?

– Non, non, mentit Hamish, qui mourait d'envie de raccrocher à présent. Je vous tiens au courant.

Après ce coup de fil, Hamish fut soudain pris d'une crise de nerfs. Il se laissa tomber sur une chaise et se mordit rageusement le poing. Et si c'était vrai ? Si toutes ses décisions n'avaient été que des coups d'épée dans l'eau, depuis le début ? Se pouvait-il que le père de Priscilla soit le véritable coupable ?

Quelqu'un frappa à la porte de la cuisine. Hamish alla ouvrir, sachant que c'était quelqu'un qu'il connaissait – les inconnus arrivaient toujours par-devant.

Josie Darling se tenait sur le seuil.

– Qu'y a-t-il ? demanda Hamish.

– Est-ce que je peux entrer ?

Il s'écarta pour la laisser passer. Elle clopina jusque dans la cuisine sur ses talons aiguilles.

– Je me suis souvenue d'une petite chose, commença-t-elle en s'asseyant. Je ne m'en étais pas préoccupée avant – j'étais tellement terrifiée à l'idée que tout le monde apprenne, pour Murdo et moi.

– Quoi ?

– J'étais sur le quai…

– Quand ?

– Deux jours avant que Fergus disparaisse.

– Et ?

– Je l'ai vu avec Callum McSween.

– Et alors ?

– Il se moquait de Callum. Il se vantait de son gros salaire, il lui disait : « Faut pas être jaloux parce que t'es sur la paille, ah, ah », et Callum lui a répondu : « Dégage de là ou je te tords le cou. »

– Et ça ne vous est pas venu à l'esprit de me raconter ça plus tôt !

– Comme je vous l'ai dit, j'étais trop préoccupée par cette histoire de mariage. Quand je m'en suis souvenue, je l'ai tout de suite dit à ma mère, et elle a trouvé bizarre que Callum ne soit pas allé travailler sur le chantier du nouvel hôtel. C'est ce qu'ont fait beaucoup de gars du coin. Ils paient bien leurs ouvriers.

– Merci, Josie. Je vais examiner ça de plus près.

– Vous pensez que Callum a tué Fergus pour lui voler son travail ?

– Ça m'étonnerait. C'est moi qui ai proposé Callum pour le poste. Mais je vais passer le voir. Il aurait dû me dire qu'il avait eu une prise de bec avec Fergus.

Il la raccompagna à la porte et se rendit chez l'éboueur fraîchement nommé. Les McSween étaient attablés devant un steak-frites. La porte de la cuisine étant restée ouverte, Hamish entra.

– Tiens, bonjour, Hamish, l'accueillit Callum. Vous avez faim ?

L'estomac du policier gargouilla de plus belle.

– Non, je suis pressé. J'ai un rendez-vous.

– Alors qu'est-ce qui vous amène ? Asseyez-vous, mettez-vous à l'aise.

Hamish retira son képi et s'assit.

– Callum, pourquoi ne m'avez-vous pas dit que vous vous étiez disputé avec Fergus ?

Le fermier eut l'air gêné.

– Vous voulez boire un petit coup ?

– Non. J'aimerais que vous m'expliquiez ce que c'est que cette histoire, et pourquoi vous ne m'en avez pas parlé plus tôt.

Son interlocuteur baissa les yeux, poussant quelques frites du bout de sa fourchette.

– Il avait découvert que j'avais des problèmes d'argent, et il savait que je n'avais pas eu le boulot au nouvel hôtel.

– Attendez un peu. Comment ça se fait que vous ne l'ayez pas eu ? Ce sont des emplois plutôt basiques, pourtant.

– Je n'en sais rien. J'ai eu un entretien avec le Grec.

– Ionides ?

– Oui.

– Bizarre qu'il n'ait pas laissé un gestionnaire ou sa secrétaire s'occuper du recrutement.

– Non, c'était lui. Il a dit qu'il était content d'offrir du travail aux habitants du coin, vu ce qu'on avait souffert avec la chute du prix des bêtes.

– Et ?

– Il a insisté sur le fait qu'on ne devait pas toucher aux tapis, aux meubles et aux matériaux de construction. D'après lui, on a une réputation de voleurs, dans les Highlands. Ça m'a agacé, et je lui ai répondu que je n'avais jamais rien volé de toute ma vie. Que s'il y a bien une chose que je déteste, c'est les escrocs. Et que si j'en voyais un, j'irais tout de suite le dénoncer à la police.

– Et qu'est-ce qu'il a dit ?

– Qu'il avait d'autres gens à voir et qu'il me tiendrait au courant. Je lui ai donné mes nom, adresse et numéro de téléphone, et je n'ai plus entendu parler de lui. Quand j'y suis retourné, Miss Stathos m'a dit qu'ils avaient déjà assez de monde. Je vous jure, j'en avais mal au ventre. Alors quand vous m'avez trouvé le poste d'éboueur, c'était un vrai miracle.

– Écoutez, Callum. Vous auriez dû me dire tout ça plus tôt.

– Je voulais pas, marmonna-t-il. J'avais peur d'avoir des ennuis, vu que je m'étais disputé avec lui juste avant qu'il se fasse assassiner. Mrs Fleming m'aurait peut-être viré. Vous allez faire un rapport, Hamish ?

Le policier se prit la tête entre les mains. Il avait déjà caché des choses à la P.J. par le passé, mais jamais autant à la fois. Il releva la tête.

– Je vous tiens au courant, Callum. Je vous tiens au courant.

Hamish se rendit enfin au Tommel Castle Hotel. Priscilla l'accueillit dans le hall.

– Il est chez moi, lui dit-elle. Suis-moi.

Elle habitait un appartement au dernier étage de l'hôtel. Ils gravirent péniblement les escaliers – parmi toutes les modernisations qu'il aurait fallu apporter au bâtiment, installer un ascenseur était celle que le colonel refusait catégoriquement.

– A-t-il dit quelque chose ? demanda Hamish.

– Pas à moi, répondit Priscilla en secouant la tête, faisant onduler ses mèches blondes. Il attend de te voir.

Vêtu d'une riche tenue de villégiature, le colonel patientait dans le petit séjour, un air de défi sur le visage.

– Je ne comprends pas pourquoi vous faites tout ce foin, rouspéta-t-il. Je pensais qu'il braconnait et je lui ai mis une bonne brassée, voilà tout.

Mais son regard était fuyant. Hamish décida de tenter quelque chose :

– Quelqu'un a surpris votre conversation. C'est fini. Je veux l'entendre de votre bouche, à présent.

Le colonel devint cramoisi et se mit à fixer le sol.

– Racontez-moi tout, colonel, ajouta Hamish d'un ton plus doux.

Mr Halburton-Smythe se tourna de nouveau vers le policier et prit soudain un ton excessivement cordial.

– Hamish, vous êtes un ami de la famille. On peut s'arranger entre nous, d'homme à homme.

– Dites-moi la vérité.

– C'est ce fichu nouvel hôtel, craqua finalement

le colonel. Fergus m'avait dit qu'il avait mis la main sur la preuve qu'ils allaient empoisonner ma rivière, me voler mes employés, et d'autres horreurs du même acabit.

– Quelle preuve ?

– Un fax adressé à Ionides, provenant de Londres.

– Et pourquoi n'êtes-vous pas venu me voir directement ?

Le colonel resta muet, les yeux rivés sur ses souliers brillants comme des miroirs.

– Allez, l'exhorta Hamish, dépêchez-vous, enfin !

– Il voulait de l'argent contre le fax, et je l'ai envoyé promener. Je lui ai dit qu'il pouvait aller rôtir en enfer.

– Mais pourquoi ne m'avez-vous pas appelé ? Et si Fergus détenait bien une telle preuve, comment se fait-il qu'il n'ait pas essayé d'acheter le silence de Ionides ?

– J'y arrive, répondit le colonel à contrecœur. Je suis allé le voir, ce Ionides. Un type tout à fait charmant, par ailleurs. Eh bien, il avait déjà reçu la visite de Fergus, et cette histoire de fax était pure invention – l'alcool ne rendait pas service au pauvre homme, comme l'a justement souligné Ionides. Il m'a proposé un tour de l'hôtel, et nous avons discuté affaires, de la plus amicale des façons : il m'a fait remarquer qu'il ne pourrait jamais faire de l'ombre à mon style « maison de campagne » et que, en outre, il ne bénéficiait pas des droits de chasse et de pêche que je détiens. Lui, son créneau, ce sont les touristes, les salons, les voyages organisés, tout ça. Nous nous sommes très bien entendus. Enfin, qui fallait-il croire ? Un propriétaire renommé, ou un éboueur alcoolique ?

Hamish le regardait avec des yeux ronds.

– Mais quand Fergus a été assassiné, n'avez-vous pas soupçonné qu'il puisse effectivement avoir découvert quelque chose ?

– Je ne pouvais rien dire. La police m'aurait demandé pourquoi je n'étais pas venu les prévenir tout de suite. Et puis, je n'ai pas pensé une seule seconde que Ionides avait quelque chose à voir avec ça. Les hommes de sa trempe ne se soucient guère des petits parasites comme Fergus. Je pensais que c'était sa femme, Martha, qui l'avait tué. Bref, j'ai décidé de patienter et de voir comment les choses allaient tourner.

– Eh bien, bravo pour votre patience, siffla Hamish rageusement. Grâce à vous, Angus Ettrik est mort.

– N'exagérez pas, tout de même.

Hamish se prit la tête entre les mains et reprit :

– Écoutez-moi bien. Je vais devoir faire un rapport détaillé. J'avais besoin d'un mandat pour fouiller le bureau de Ionides, et vous venez justement de me donner une bonne raison de l'obtenir.

– Ne pourriez-vous pas garder ça pour vous ? dit piteusement le colonel. Vous allez me faire passer pour le dernier des imbéciles. Sérieusement, vous ne pensez tout de même pas que Fergus détenait réellement un tel fax ?

– Si, je le pense, et ce que je me demande, c'est où il peut bien se trouver à présent, ce fichu fax. Désolé. Demain matin, je vais révéler à la P.J. bon nombre de choses qui vont affecter beaucoup de monde au village.

Le colonel se leva et se dirigea vers la porte.

– Votre problème, Hamish Macbeth, déclara-t-il sur le seuil, c'est que vous n'avez aucune loyauté.

Lorsque son père eut claqué la porte derrière lui, Priscilla s'enfonça lourdement dans son siège et maugréa :

– Quelle pagaille. Faut-il vraiment que tu fasses un rapport, Hamish ?

– Ton père est loin d'être le seul dans ce village sur qui je vais devoir faire un rapport, Priscilla.

– Mais enfin, pourquoi Fergus est-il allé voir papa ?

– C'est évident. Il essaie de faire du chantage à Ionides, qui l'envoie sur les roses, peut-être en lui fichant la frousse. Donc il se rabat sur ton père. Avec une copie du fax, il a dû croire qu'il pourrait soutirer de l'argent aux deux – imagine un peu le jackpot. Le pire dans tout ça, c'est qu'il n'y a sûrement pas un seul bout de papier compromettant dans ce maudit bureau. Pas la peine d'appeler Callum pour qu'il fouille leurs poubelles non plus, ils ont sûrement tiré des leçons de leurs erreurs après le coup de Fergus. Oh, quel foutoir !

– Qu'as-tu dissimulé d'autre ?

– Priscilla, je suis en train de mourir de faim. Littéralement. Je te raconte si tu me trouves quelque chose à manger.

– Attends-moi ici.

Hamish se laissa aller contre le dossier de sa chaise et ferma les yeux. Abattu, à bout de forces, il se mit à douter de lui-même. Je perds la raison, se disait-il. Bon sang, je perds complètement les pédales. Qu'est-ce qui m'a pris de couvrir tous ces gens ? Et si ce n'était pas Ionides ? Je ne peux plus faire machine arrière, à présent.

Il s'assoupit et se réveilla en sursaut lorsque Priscilla revint, chargée d'un plateau avec des sandwichs et du café chaud.

– Ton agent fait fureur en cuisine. Il a ça dans le sang. Et il est en train d'amasser un joli pactole par la même occasion, trois de nos clients ont accompagné leurs compliments d'un bon pourboire. Du jamais-vu.

Elle attendit qu'il ait dévoré tous les sandwichs avant de lui demander :

– Alors, que s'est-il passé ?

Il lui raconta tout depuis le début : les lettres, le chantage, les mensonges de la nouvelle institutrice. Priscilla l'écouta avec attention. À tous les coups, elle va me traiter d'âne bâté, pensa-t-il. Mais c'était seulement l'effet de la rancœur qu'il continuait d'éprouver à son égard – la véritable Priscilla n'aurait jamais dit une chose pareille. Et de fait, elle lui répondit d'une voix calme :

– Je ne vois pas ce que tu aurais pu faire d'autre.

Il haussa les sourcils, stupéfait.

– Enfin, Hamish, tu sais bien que tu peux toujours te fier à ton intuition. Bien plus qu'à ton cerveau, ajouta-t-elle.

Il retomba instantanément de son nuage.

– Tu vois très bien ce que je veux dire, continua-t-elle en le voyant faire la moue. Tu le sais, au fond, que personne dans ce village n'aurait été capable de tuer Angus. Mais je comprends ton dilemme, tu ne peux plus continuer ainsi. Par contre, il y a quelque chose que nous pouvons faire : une fois que tu auras ce mandat de perquisition, avertissons la presse. Une équipe entière de la P.J. sera déployée au nouvel hôtel – c'est une occasion en or de leur faire de la mauvaise publicité. Peut-être que nos employés y réfléchiront à deux fois avant d'aller travailler là-bas.

Le visage d'Hamish s'éclaira, pour s'assombrir de nouveau une seconde plus tard.

– Je ne peux pas m'empêcher de penser à cette pauvre Mrs McClellan. Sans parler de Mrs Docherty. Blair ne va pas les rater quand il les convoquera à Strathbane.

– Quelqu'un m'a dit qu'il était souffrant.

– Tu parles, je parie qu'il est de retour, et plus hargneux que jamais. Il a un foie et des reins en béton. Tellement solides qu'on pourra jouer au basket avec, le jour où il passera l'arme à gauche.

– Il faut qu'on trouve une solution, déclara Priscilla.

Au beau milieu de l'angoisse dans laquelle Hamish se trouvait, ce « on » lui apporta un réconfort insoupçonné.

– Nous avons quelques heures pour trouver une piste, pas plus, dit-elle.

– Tu sais, Priscilla, au point où nous en sommes, je peux toujours repousser l'échéance d'un jour encore.

– À mon avis, tu devrais faire le rapport sur mon père sans plus attendre. Il aura des ennuis, je sais, mais on ne peut pas laisser Ionides s'en tirer comme ça.

Ils restèrent assis en silence. Si seulement ces fichus meurtres étaient résolus, pensa Hamish. Priscilla et lui pourraient boire un verre ici sans autre souci que les derniers potins, comme au bon vieux temps. Mais elle se dressa sur son siège et s'écria soudain :

– Le conteneur à papier !

– Eh bien, quoi ?

– Je suis passée chez Patel dimanche dernier pour acheter le journal, et tu vois à quoi ressemble le journal du dimanche – plein d'idioties, des tonnes de suppléments que personne ne lit. Aussi long que les journaux américains. Sais-tu qu'un jour, alors que la presse à New York était en grève et qu'on vendait les journaux britanniques dans les rues, un homme en a soulevé une pile entière en pensant qu'il s'agissait d'un seul numéro du *New York Times* ? Bref, j'ai jeté ce que je ne voulais pas dans le conteneur à papier. D'ailleurs, il y avait un article sur la préservation des forêts, alors que j'étais sur le point de jeter l'équivalent d'un arbre entier.

– Où veux-tu en venir, Priscilla ?

– Le conteneur était plein. Il n'a encore jamais été vidé.

– Tu veux dire que tous les papiers de l'hôtel se trouvent peut-être là-dedans ?

– Pas sûr que ça fonctionne, mais ça vaut le coup d'essayer.

Priscilla s'enfonça dans son fauteuil avant de reprendre :

– Mais ce conteneur doit peser une tonne. Comment va-t-on réussir à l'ouvrir ?

– On pourrait emprunter la grue de Tam Gillespie, qui habite à Braikie.

– Le téléphone est juste là, Hamish. Essayons sans plus tarder.

– Sauf que Ionides se doutera qu'il y a anguille sous roche quand il va voir ce bazar.

– J'ai entendu dire qu'il était parti en hélico. Avec un peu de chance, il ne sera pas de retour avant demain matin.

– Alors allons-y !

Il s'installa au bureau de Priscilla et composa le numéro de Tam Gillespie.

– Tam, Hamish à l'appareil. C'est une urgence. J'ai besoin de votre grue à Lochdubh pour soulever l'un des conteneurs. Il y a peut-être là-dedans une preuve qui pourrait éviter de nombreux ennuis au village.

Une voix grésilla à l'autre bout du fil et Hamish se tourna vers Priscilla :

– Il dit qu'il peut le soulever, mais il faut trouver un moyen d'ouvrir la partie inférieure.

– Un pied-de-biche, répondit calmement Priscilla.

Hamish reprit le téléphone.

– Amenez la grue, Tam. On s'occupe du reste.

Il remit le combiné à sa place et ajouta :

– Maintenant, il nous faut du monde pour fouiller cette montagne de papiers.

– Tentons le tout pour le tout : embauchons le village entier, s'enflamma Priscilla. Pousse-toi. Je vais appeler Mrs Wellington.

– Tu rêves. Mrs Wellington, faire quelque chose d'illégal ?

– Si c'est moi qui le lui demande, elle dira oui.

Ils intervertirent leurs places et Priscilla composa le numéro de la femme du pasteur.

– Mrs Wellington, commença-t-elle, Hamish Macbeth et moi allons faire ouvrir le conteneur à papier. Nous sommes à la recherche d'un ou plusieurs courriers adressés au nouvel hôtel pouvant servir de preuve dans l'enquête en cours.

Hamish entendit Mrs Wellington poser des questions de sa voix retentissante.

– Si nous ne faisons rien, ajouta Priscilla lorsque la voix à l'autre bout du fil se fut tue, plusieurs habitants du village pourraient être suspectés. Dieu est du côté des justes, n'est-ce pas ? Eh bien, nous devons l'être aussi.

Elle adressa un clin d'œil à Hamish. Puis il l'entendit répondre :

– C'est tout à votre honneur. Les pêcheurs ? Mais ils sont en mer. Ah ! J'en informe Hamish immédiatement.

Elle raccrocha et se tourna vers lui :

– Il faut agir vite. Ils annoncent une tempête, donc nous pouvons réquisitionner les pêcheurs.

– Formidable, passe-moi le téléphone, je vais appeler Archie pour qu'ils viennent tous mettre la main à la pâte.

Une fois ses instructions données au pêcheur, il lança à Priscilla :

– Bon, j'y vais.

– Je viens avec toi, répondit-elle. Laisse-moi juste le temps d'enfiler un pull.

Lorsqu'ils arrivèrent à Lochdubh à bord de la Land Rover, des silhouettes commençaient à apparaître aux portes des cottages. D'autres se dirigeaient déjà vers le quai. Le village entier semblait s'être passé le mot.

Une fois que tout le monde fut rassemblé autour

des conteneurs, Hamish grimpa sur la digue et s'adressa à la foule :

– Je suis à la recherche de toute correspondance provenant du nouvel hôtel. J'ai besoin de votre aide pour passer tout ça au peigne fin.

Parmi les visages levés vers lui dans la lumière du clair de lune, il reconnut Mrs McClellan, Mrs Docherty et Josie Darling. Un doute poignant lui saisit l'estomac. Mais il se ressaisit : c'était forcément Ionides.

Ils attendirent en silence, jusqu'à ce qu'Hamish commence à s'inquiéter.

– Où est cette fichue grue ? demanda-t-il à Priscilla.

– Laisse-lui le temps d'arriver, l'apaisa-t-elle. Ce n'est pas une voiture de course, je te rappelle.

Archie Maclean contempla le ciel piqueté d'étoiles.

– On dirait bien qu'ils se sont plantés sur la météo, grommela-t-il. Pas même un petit souffle de vent.

Ils patientèrent encore. La foule commençait à s'agiter, les chuchotements se faisaient plus nombreux.

Ils finirent par percevoir le ronronnement d'un moteur qui s'approchait à travers les collines, et aperçurent bientôt le petit camion conduit par Tam, la grue inclinée au-dessus de lui comme le long cou d'un dinosaure.

Tam sauta à terre et jaugea le conteneur du regard.

– C'est un gros bestiau, dit-il. Si vous m'abîmez ma grue, Hamish, il faudra la remplacer.

Il commença à manœuvrer, sous les regards attentifs des villageois.

– Il faut fixer le crochet dans le trou du conteneur.

Hamish se percha de nouveau sur la digue et plaça le crochet à l'endroit indiqué. Le conteneur en forme de cloche fut soulevé, et renversé d'un coup. Tam coupa le moteur.

– Et maintenant ? lança-t-il.

Hamish se dressa sur la pointe des pieds et étudia la partie inférieure du conteneur.

– Il nous faut un pied-de-biche.

– Tiens, fit Priscilla en lui tendant l'outil. Je l'avais mis dans le coffre avant de partir.

Décidément, l'efficacité de Priscilla le surprendrait toujours.

– Il me faut quelque chose sur quoi monter, continua-t-il, comme si elle allait sortir un escabeau de son sac à main.

– Je vais chercher une échelle, s'écria Archie.

Ils patientèrent jusqu'à le voir revenir chargé d'un escabeau en métal. Hamish grimpa dessus. Callum n'avait pas les outils nécessaires à l'ouverture des conteneurs, c'était un organisme extérieur basé à Strathbane qui s'occupait de les vider. Hamish tira de toutes ses forces jusqu'à ce que, le voyant en nage, Geordie Liddell, champion de *caber* – le traditionnel lancer de tronc d'arbre écossais –, s'exclame :

– Attendez, Hamish, je vais essayer.

Le policier lui abandonna la place. L'escabeau grinça sous les kilos de muscles du champion, qui exerça une pression monumentale sur le pied-de-biche. Un craquement retentit. Soudain, le fond du conteneur s'ouvrit et une avalanche de papiers dégringola sur le sol.

– Allons-y doucement ! modéra Mrs Wellington, prenant les choses en main. Nous allons séparer tout ça en plusieurs tas avant de commencer à chercher.

– Le premier qui trouve quelque chose en rapport avec l'hôtel gagne une bouteille de whisky ! lança Hamish à la cantonade.

Tout le monde se précipita et se mit à chercher sans tenir compte de Mrs Wellington.

– J'y vois rien, se plaignit quelqu'un.

Plusieurs habitants allèrent chercher des lampes torches et des lampes à pétrole. Des femmes sortirent une planche et des tréteaux de la salle paroissiale, tandis que d'autres se mettaient à faire du thé et des sandwichs.

– Non mais c'est pas une fête, non plus, déplora Hamish, debout à côté de Priscilla.

– Continue de chercher, le rabroua-t-elle.

Le temps s'écoula ainsi. Au bout d'une heure, Hamish remarqua en levant les yeux vers le ciel que de gros nuages noirs commençaient à masquer les étoiles, même s'il n'y avait toujours pas de vent à basse altitude.

Les papiers déjà triés s'amoncelaient sur le côté – un énorme tas de journaux, de lettres et de magazines, mais aucune trace de documents provenant de l'hôtel.

– C'était une bonne idée, Priscilla, grommela Hamish, mais on a pratiquement tout vérifié. Et maintenant, je vais avoir des ennuis, avec ce conteneur hors d'usage.

– Il est tombé sur le côté. Peut-être que des papiers sont passés par-dessus la digue, suggéra-t-elle pour toute réponse.

Hamish fourra sa lampe torche dans sa poche, sauta par-dessus la digue et atterrit sur la grève rocailleuse du loch. Il éclaira un large périmètre.

Une grande enveloppe kraft avait atterri au bord de l'eau. Hamish alla la récupérer et cala sa lampe sous son coude afin de l'ouvrir. Remplie de lettres et de fax, elle arborait l'en-tête en lettres majuscules : IONIDES SARL. Il se laissa tomber sur les galets et se mit immédiatement à les parcourir.

L'une des lettres provenait du bureau londonien de Ionides :

« Cher George,

Comment avancent les choses avec l'hôtel rival ? Je sais que tu es mordu de pêche, mais tout de même, c'est un pari risqué. Et si le propriétaire de

Tommel Castle ne se décourageait pas, même après que tu aies débauché ses employés et empoisonné sa rivière ? En plus, tu vas te retrouver coincé avec deux hôtels en pleine cambrousse. Et le reste des affaires, alors ? Es-tu sûr que la police ne fourre pas son nez dans tout ça ? Risquer autant, juste pour pêcher ! Bref, n'hésite pas à me dire si tu as besoin d'aide.

Je t'embrasse. Ton frère, Harry. »

Hamish rangea précautionneusement la lettre dans sa poche et parcourut les autres. Il trouva un fax adressé au Harry en question :

« Cher Harry,

Tout va bien, ne t'inquiète pas. Les policiers sont des demeurés, dans le coin – le flic du village est carrément arriéré. Viens me rendre visite bientôt. Une fois que j'aurai fait l'acquisition du Tommel Castle Hotel, je réapprovisionnerai la rivière en poissons. Bises, George. »

– Je te tiens ! s'exclama Hamish.

Il courut jusqu'à la digue et se hissa en haut.

– C'est bon, les gars, s'exclama-t-il. J'ai tout ce qu'il me faut.

– Qu'as-tu trouvé ? s'enquit Priscilla.

– Deux preuves incriminantes : une lettre et un fax. Je ferai venir Jimmy et son équipe demain à la première heure.

Les villageois commençaient à se disperser, à grand renfort de bâillements.

– Qu'allons-nous faire de tous ces papiers ? s'inquiéta Mrs Wellington.

– On verra ça demain, répondit Hamish.

Tam libéra le crochet de sa grue et recula en criant aux villageois de s'écarter. L'énorme conteneur s'abattit au sol dans un grand bruit métallique et roula sur le côté avant de s'immobiliser, gueule béante.

– À demain, Hamish, dit Priscilla. Tu n'as pas besoin de me raccompagner, j'imagine que tu as des coups de fil à passer. Mrs Wellington a proposé de le faire.

Il acquiesça et courut au poste de police. Il appela Jimmy chez lui et lui expliqua brièvement la situation.

– Magnifique ! fit l'inspecteur. Il est cuit, le salaud. Je serai là demain matin avec les gars, et un mandat.

– Je crois que Ionides n'est pas encore rentré.

– Pas grave. Sa secrétaire nous ouvrira.

– Vous serez là à quelle heure ?

– Le plus tôt possible.

– Je mets le réveil, alors. Je suis lessivé.

Hamish s'étira en bâillant. Une pile de fax patientait sur le bureau. Il en lut la provenance : MAIRIE DE STRATHBANE. Encore cette vieille chouette. Eh bien, qu'elle attende.

Alors qu'Hamish dormait, Lugs lové contre lui, et que dans la chambre d'à côté Clarry, qui n'avait aucune idée de tout ce remue-ménage, était lui aussi plongé dans le sommeil, le vent se leva sur le Sutherland. Il balaya le rivage du loch, fit virevolter la poussière, et tous les papiers amoncelés sur le quai se mirent à danser dans les airs en exécutant de magnifiques entrechats, se coincèrent dans les portails et les clôtures, s'accrochèrent aux réverbères. Puis, comme satisfait du chaos qu'il avait semé sur son passage, le vent s'en alla vers l'est en rugissant, pour laisser une aube paisible se lever sur Lochdubh.

Le lendemain matin, assise devant le miroir, Mrs Freda Fleming examinait anxieusement son maquillage. Un peu lourd, certes, mais parfait pour la télévision. Elle avait tenté de joindre Hamish Macbeth la veille, en vain. Mais Callum, lui, avait répondu, et l'avait informée que le village était tout à fait en ordre. De toute façon, elle avait faxé ses instructions à Macbeth, lui décrivant bien ce qui était attendu. Pourvu qu'il ait trouvé une jolie fille pour lui amener le bouquet. Quel dommage que les journaux londoniens n'aient pas répondu à ses sollicitations – mais Grampian Television, une chaîne locale, avait déclaré vouloir couvrir la grande transition écologique de Lochdubh. Les journaux locaux seraient également présents, ainsi que quelques journalistes de Glasgow.

Elle avait répété son discours un nombre incalculable de fois. Elle s'était fait un sang d'encre à propos de la météo, mais il n'y avait pas de quoi s'inquiéter : c'était une matinée splendide.

Hamish fut arraché à son sommeil par des coups féroces à la porte de la cuisine. Il alla ouvrir et se retrouva nez à nez avec un Jimmy Anderson excité comme un pou.

– Venez, Hamish, vous n'allez tout de même pas rater le spectacle. Miss Stathos est dans tous ses états, elle hurle en grec, complètement hystérique !

– J'arrive, donnez-moi une minute.

Il se lava et s'habilla en vitesse. En sortant du poste de police, il écarquilla les yeux devant la pagaille que le vent avait produite pendant la nuit : le village entier était couvert de papiers. Bah, ils nettoieraient ça plus tard.

Tom Stein poussa un grognement lorsqu'il entendit la sonnerie du réveil. Journaliste, il couvrait la région des Highlands pour le *Glasgow Morning News*. Tâchant de passer outre sa gueule de bois monumentale, la bouche pâteuse, il se souvint qu'il était censé se rendre à Lochdubh pour la campagne écolo organisée par cette vipère de Mrs Fleming. La barbe. Il se rasa, s'habilla et jeta deux aspirines dans un verre, grimaçant au son des comprimés qui se dissolvaient dans l'eau. Malgré tout le progrès du monde, ils ne sont pas fichus de fabriquer des comprimés qui la bouclent, pensa-t-il amèrement.

Tom Stein avait la cinquantaine et des rides sinueuses sur son visage menu, creusées par les nombreuses déceptions qu'il avait connues dans sa vie. Comme un acteur déjà vieux dans un énième rôle de figurant continuerait à rêver de gloire, Tom brûlait de dénicher un scoop, et de voir enfin son nom imprimé en une des journaux londoniens. Sa carrière n'était qu'une longue succession de déboires. Pourtant, c'était lui qui avait fait les premiers rapports sur le meurtre de Lochdubh ! Mais le *Glasgow Morning News* avait envoyé quelqu'un de chez eux, et tout ce qu'il avait écrit avait été incorporé dans l'histoire du type. Tom travaillait en freelance. Il lui arrivait de piger pour d'autres journaux, mais seul le *Glasgow Morning News* acceptait de lui payer des avances.

Il avala une tasse de café noir, et frissonna. De toute façon, il ne risquait pas de faire la une avec cette histoire de poubelles, c'était couru. Quelqu'un frappa à la porte de sa petite maison de plain-pied située dans un quartier de Strathbane qui avait été convenable autrefois, avant de commencer à décliner.

C'était son photographe, un homme à la mine tout aussi fatiguée et désappointée que lui, du nom de Paul Anstruther.

– Prêt à décoller ? demanda Paul.

– On peut toujours y aller, mais je te parie qu'ils ne publieront pas une ligne de notre reportage.

– Bredouilles ! lâcha Jimmy, dégoûté. Au moins, grâce à vous, Hamish, on peut l'inculper d'avoir prévu de ruiner le Tommel Castle Hotel. Mais désolé, mon vieux, ça ne suffit pas pour l'accuser de meurtre.

Une petite foule s'était rassemblée pour observer les activités de la police. Jimmy était arrivé dès six heures du matin. Il était huit heures à présent, et Lochdubh s'éveillait.

Josie Darling remarqua Geordie Liddell sur le côté, qui avait revêtu son maillot des Highlands. Elle se fraya un chemin jusqu'à lui :

– Tu vas aux jeux ?

– Oui, répondit-il. Qu'est-ce qui se passe ici ?

– Aucune idée. Tu vas participer au lancer de tronc ?

– *Aye*, et au lancer de marteau, aussi.

– Le marteau doit être drôlement lourd, non ?

– Il pèse une tonne, répondit Geordie. Attends, je vais te montrer, je l'ai à l'arrière de ma Jeep.

Il s'éclipsa et revint en balançant dans sa main le long marteau en métal.

– Essaie de le soulever, Josie.

– C'est trop lourd, gloussa-t-elle. Oh là là, ce que t'es musclé !

Geordie sourit de toutes ses dents et roula des

mécaniques, faisant saillir les muscles sous sa veste de velours vert. Puis il entendit Hamish crier :

– Écoutez, on dirait un hélicoptère !

Le silence s'abattit sur la foule.

– Qu'est-ce qui nous prend d'aller bosser aussi tôt ? se plaignit Tom Stein, tout en grimpant avec Paul dans le minibus qui arborait l'inscription « PRESSE ».

– On est les seuls ? demanda Paul.

– On dirait bien, répondit Tom avec lassitude. Cette vieille bique de Fleming essaie de retarder le discours pour que d'autres journalistes aient le temps d'arriver, mais en réalité, c'est juste toi et moi.

La procession s'ébranla. Dans la limousine qui ouvrait la voie, Mrs Fleming s'acharnait à voir le bon côté des choses.

– Je sais bien que nous n'avons que des représentants du *Glasgow Morning News* pour l'instant, disait-elle à la petite silhouette du maire, installé à côté d'elle. Mais vous pouvez me croire, d'autres seront au rendez-vous – ils nous rejoindront directement là-bas, voilà tout.

Mal à l'aise, Jamie Ferguson gigota sur son siège.

– Nous avons investi énormément d'argent dans ce projet. Le parti travailliste traque les communes qui gaspillent l'argent public. Ils ne laisseront pas passer ça.

– Au contraire, ça ne nous coûte presque rien,

rétorqua Mrs Fleming. J'ai envoyé toutes mes instructions au policier du village. Lochdubh prendra en charge le coût de la cérémonie.

– Tels que je les connais, dans ce village, ils ne manqueront pas de nous envoyer la facture.

– Qu'ils essaient, siffla-t-elle.

Elle frappa à la vitre intérieure et dit au conducteur :

– Accélérez l'allure, nous sommes en retard.

– Je suis dans une position délicate, Freda, continua le maire. Les autres conseillers souhaitent votre départ.

– Ils ne peuvent pas me renvoyer. J'ai été élue.

– Oui, mais ils veulent mettre quelqu'un d'autre au poste de responsable environnement.

– C'est ridicule. Qui donc ?

– Jessie Comber.

– Pardon ? Cette blonde débraillée qui montre ses seins à tout le monde ? Il faudra me passer sur le corps.

Le maire soupira et se laissa aller à une douce rêverie où le meurtrier de Lochdubh venait régler son compte à Mrs Freda Fleming. Mais il fut bien vite rattrapé par la réalité. Qu'est-ce qui lui avait pris de passer une nuit avec elle ? Il n'aurait plus jamais la paix, à présent. Un frisson le parcourut à l'idée que son épouse, une femme bien en chair qui portait indéniablement la culotte – exactement comme Mrs Fleming –, puisse le découvrir.

Dans le minibus réservé à la presse, Paul confiait à Tom :

– Franchement, la prochaine fois qu'on m'envoie sur une mission comme celle-là, je ne prendrai même pas la peine de mettre une pellicule dans mon appareil.

– Quand même, tempéra Tom. On ne sait jamais, il pourrait se passer quelque chose.

– C'est toujours la même rengaine, avec toi, répliqua Paul. Ça fait des années qu'il « pourrait se passer quelque chose ».

– Il y a quand même eu deux meurtres à Lochdubh. Si ça se trouve, on va mettre le doigt sur une bonne histoire à raconter.

– C'est ça, ouais, grogna Paul.

Il vérifia néanmoins son appareil, et fit le point à travers la vitre. Génial, pensa-t-il, un mouton dépressif.

Rassemblés sur le rivage, les habitants virent l'hélicoptère perdre de l'altitude. Ils apercevaient nettement Ionides qui, assis derrière le pilote, pointait la foule du doigt.

– Ils s'enfuient ! cria Hamish en voyant l'engin s'élever à nouveau et commencer à s'éloigner au-dessus du loch.

– Écartez-vous ! tonna Geordie de sa voix tonitruante.

Il se mit à faire tournoyer son marteau de plus

en plus vite, les jupes de son kilt voletant sous l'effet du mouvement, et le lâcha d'un coup.

Le marteau effectua un remarquable arc de cercle en direction de l'hélicoptère – un lancer dont on parlerait pendant longtemps. Il percuta deux hélices de plein fouet, et l'engin tomba en spirale. De là où il se trouvait, Hamish vit la terreur sur le visage de Ionides. Le pilote parvint à ouvrir sa portière juste avant que l'appareil ne percute l'eau noire du loch, mais Ionides semblait coincé sur son siège. Il batailla une dernière fois avec la poignée avant que l'eau, qui s'engouffrait de tous côtés, ne finisse par l'engloutir.

Hamish retira sans plus attendre son pull, sa chemise et son pantalon, délaça ses bottes, et plongea.

Jimmy Anderson le vit se battre avec le pilote et cria à ses hommes :

– Allez l'aider !

Mais au même instant, Hamish s'éleva dans l'eau, assena un coup bien placé sous le menton de son adversaire et le traîna inconscient jusqu'à la rive, où cinq policiers accoururent pour l'aider.

– Et l'autre ? demanda Hamish, à bout de souffle.

– Il faut appeler les plongeurs, fit l'un des hommes.

– Que se passe-t-il ? s'écria Tom alors que le minibus s'arrêtait sur le quai.

Paul s'élança, appareil au poing. Il se fraya un

chemin à coups d'épaule parmi la foule. Tout le monde avait les yeux rivés sur un hélicoptère. Puis chacun s'écarta alors que Geordie commençait à faire tournoyer son marteau. Le photographe appuya frénétiquement sur le déclencheur, le cœur battant d'excitation. Et ce fut ainsi qu'il signa le cliché qui ferait bientôt le tour du monde : le marteau s'enfonçant tout droit dans les hélices de l'appareil.

Derrière lui, usant de sa sténographie impeccable, Tom noircissait les pages de son carnet.

Paul avait à présent trouvé un nouveau sujet : Hamish qui bataillait dans l'eau avec le pilote. Il courut sur la plage pour l'immortaliser alors qu'il sortait l'homme inconscient du loch. Lorsque Hamish, épuisé, remonta vers le quai en débardeur et caleçon, Paul remarqua un énorme trou à l'arrière de son caleçon. Il prit alors une deuxième photo mémorable, qui ferait la une d'un journal à scandale londonien avec pour titre : « NOS POLICIERS SONT-ILS ASSEZ BIEN PAYÉS ? »

Tom courut jusqu'à lui et cria :

– Ramène-toi ! Prends la tronche de Fleming !

Sur le quai, des cris retentissaient çà et là, mais Mrs Fleming était indifférente à la pagaille générale : déconfite, elle constatait l'effroyable état du village, qui semblait avoir été sciemment décoré de déchets.

Alors qu'Hamish approchait, elle se rua vers lui en hurlant :

– Espèce de petite ordure, vous l'avez fait exprès !

À l'instant où Paul brandissait joyeusement son appareil, elle administra une claque monumentale au policier de Lochdubh. Emporté par un réflexe qu'il regretterait amèrement par la suite, Hamish lui rendit sa gifle, et elle éclata en une crise de sanglots retentissants.

Cette journée promettait d'être interminable. Geordie était en état d'arrestation.

– Pourquoi ? protestait Hamish rageusement, dans le bureau de Jimmy Anderson à Strathbane. Tout ce qu'il a fait, c'est empêcher la fuite d'un meurtrier.

– Hamish, répondit patiemment Jimmy, nous n'avons toujours aucune preuve de la culpabilité de Ionides.

– J'ai ordonné à Geordie de lancer ce marteau.

– Vous avez fait quoi ?

– Je répète : c'est moi qui lui ai dit de le lancer, mentit obstinément Hamish.

– Mon vieux, vous vous rendez compte de ce que vous êtes en train de dire ? Je vais devoir vous suspendre de vos fonctions. Blair va vous virer à coup sûr. Pour l'instant, rentrez à Lochdubh. On va interroger cette Miss Stathos, et vous feriez bien de prier pour qu'elle lâche quelque chose.

Ce soir-là, Priscilla lui rendit visite. Elle le trouva assis avec son chien sur les genoux, la mine morose.

– J'ai frappé, dit-elle.

– Assieds-toi, répondit Hamish avec lassitude. Je suis dans le pétrin jusqu'au cou.

– Mais tu as arrêté le pilote, et les plongeurs ont repêché le corps de Ionides.

– Nous n'avons aucune preuve qu'il ait commis ces meurtres. Blair est en train d'interroger le pilote et la secrétaire. Je n'ai plus qu'à espérer que l'un des deux crache le morceau. C'est la première fois de ma vie que je prie pour que Blair montre les crocs. Et puis il y a cette fichue Fleming. Bon Dieu, elle débarque en pleine opération de police et ne trouve rien de mieux à faire que de taper une crise à cause de quelques papiers volants. Qu'est-ce que c'est que cette boîte ?

– Ma trousse de couture. Hamish, la télévision n'était pas là, mais il y avait un photographe. Des photos de Geordie en train de lancer le marteau sont passées à la télé, mais aussi une de toi sur la plage, le derrière à l'air – n'as-tu donc pas de caleçon décent ?

Hamish se prit la tête dans les mains et soupira :

– C'est quoi, la prochaine étape ?

Priscilla laissa échapper un petit rire.

– Mrs Wellington ne t'a-t-elle donc pas appris qu'il faut porter des sous-vêtements convenables en toute circonstance ? Bon, sors-les, on va regarder ça.

– Je ne suis pas exactement d'humeur à ce que tu passes mes caleçons en revue, répliqua-t-il avec agacement.

– Oh, ça va, ne discute pas. Au fait, désolée, mais Clarry est au Tommel Castle Hotel. J'ai bien peur que tu aies perdu ton agent.

– Qu'est-ce que ça peut bien faire ? Je n'ai même plus de boulot.

– Que vas-tu faire ?

– Je ne sais pas. J'ai toujours mon terrain, et mes moutons.

– Mais tu ne pourras pas en vivre, et tu devras quitter le poste de police de toute façon. Tu pourras dormir chez nous en attendant de trouver une solution.

– C'est très gentil à toi, mais ça m'étonnerait que cela enchante ton père.

– Il est tellement soulagé que tu ne l'aies pas vendu à la police qu'il te laisserait dormir où tu veux. Tu ne leur as pas dit, n'est-ce pas ?

Hamish fit signe que non.

– Je suis ravi qu'au moins une personne dans ce village m'apprécie encore. Il y a quelqu'un à la porte. Peux-tu aller voir qui c'est et leur dire de s'en aller ?

– D'accord. Attends-moi ici.

Il l'entendit parler à quelqu'un, puis refermer la porte. Elle revint chargée d'un colis et d'une grande carte. Hamish fit gentiment descendre Lugs et s'empara du paquet. Sur la carte figurait le paysage des Highlands le plus cliché qu'il ait jamais vu – on aurait dit un décor du film *Brigadoon*. Au dos, il était simplement écrit : « Pour Hamish, de la part des habitants de Lochdubh. »

Hamish ouvrit le colis et se retrouva nez à nez avec six caleçons flambant neufs.

– Eh bien, eh bien, fit Priscilla. Pas besoin de ma trousse de couture, finalement !

8

> « Pour qui se marie, fini le bon temps ; plus question de vagabonder dans les prairies, de s'attarder en toute innocence ; il n'y a plus qu'une longue route poussiéreuse menant tout droit au cimetière. »
>
> Robert Louis Stevenson

Quatre semaines s'étaient écoulées depuis que Geordie Liddell avait abattu l'hélicoptère, et Hamish était toujours suspendu. Il avait été retenu pendant des heures à Strathbane, à se faire cuisiner par une équipe d'enquêteurs. Les recherches sur l'entreprise de Ionides étaient toujours en cours. Le pilote s'était avéré détenteur d'un casier judiciaire long comme le bras, rempli de crimes plus violents les uns que les autres. Le dernier en date était un vol à main armée, après lequel il avait feint une maladie pour s'échapper de l'infirmerie de la prison. Il était toujours en garde à vue mais n'avait rien révélé.

Geordie, grâce à Hamish qui n'était jamais revenu sur son mensonge, était un homme libre. Au tribunal, le policier de Lochdubh avait confirmé que le champion avait bien agi sur ses instructions. Résultat, le juge lui avait passé un savon pour manque de discernement dans l'exercice de sa fonction.

Clarry avait donné son préavis mais vivait toujours au poste de police de Lochdubh en attendant le moment convenable pour emménager avec Martha.

Par une matinée fraîche et venteuse, Hamish retrouva les lettres de chantage dans le dernier tiroir de son bureau, et décida de les mettre au feu. Après avoir allumé la cheminée, il était en train d'attendre que le feu ait bien pris quand le téléphone sonna.

Il posa les lettres sur la table et alla répondre. C'était Jimmy Anderson. Il semblait surexcité.

– Il a lâché le morceau, Hamish.

– Qui ?

– Ian Simpson, le pilote. Il veut passer un marché avec le procureur.

– Ah oui ? Mais ce n'est pas vraiment votre genre, de négocier.

– Non, mais on lui a promis un jugement avantageux.

– Alors, qu'est-ce qu'il a dit ?

– Que Ionides a tué Fergus. Il lui avait donné rendez-vous dans les pâturages pour lui remettre dix mille livres, à ce qu'il disait. Au lieu de ça, il lui a défoncé le crâne. Puis il a demandé à Ian de l'aider à se débarrasser du corps. Ils l'ont enveloppé dans un drap de l'hôtel pour le balancer dans le loch, mais une fois devant chez les sœurs Currie, Ionides a dit : « On n'a qu'à le bazarder dans cette poubelle. J'en peux plus de le porter, le saligaud. »

– Et ils ont aussi réglé son compte à Angus ?

– De ce côté-là, c'est bizarre. D'après lui, Ionides n'a jamais rien eu à voir avec Angus. Il n'en démord pas. Apparemment, il trempait dans le trafic de drogue, d'où cet hôtel aussi loin au nord : c'était l'endroit idéal pour stocker. Il y a eu une descente dans tous ses hôtels la nuit dernière, et ils en ont trouvé dans la cave de celui d'Aberfoyle. Le frère est sous les verrous. Miss Stathos continue de chialer et de prétendre qu'elle n'était au courant de rien. Par contre, elle admet qu'il était bien déterminé à mettre la main sur Tommel Castle – tout ça pour la pêche, non mais franchement. Le vent tourne en votre faveur, Hamish. Vous êtes convoqué à une réunion spéciale cet après-midi à quatorze heures.

– Je vais encore me faire engueuler.

– *Aye*, suivez mon conseil, mon vieux : faites profil bas.

Après avoir raccroché, Hamish retourna dans la cuisine et contempla pensivement les lettres. Ionides avait tué Angus, c'était certain. Ce ne pouvait être personne d'autre. Il replaça néanmoins le petit paquet dans son tiroir.

Puis il brossa et repassa son uniforme en se demandant ce qui l'attendait à Strathbane. Pourvu que personne n'ait signalé que Clarry vivait toujours au poste. Il avait assez d'ennuis comme ça.

L'inspecteur-chef Blair était un homme heureux. Hamish Macbeth allait être viré. Dehors, la grande perche. Fini, le crétin des Highlands. Restait qu'à présent, il regrettait d'avoir dû abandonner cette affaire à Jimmy Anderson. Mais il n'avait pas eu le choix : sa dernière beuverie et l'hospitalisation qui avait suivi cet énième excès l'avaient laissé trop fébrile pour reprendre les commandes.

Cela faisait maintenant six semaines qu'il était sobre et il était en pleine forme. L'alcool ne lui était pas si indispensable que ça, tout compte fait. Mais tout de même, le licenciement d'Hamish Macbeth valait bien une petite célébration. Il décida de s'offrir une virée à son pub favori, où il commanda vertueusement un verre de tonic avec une rondelle de citron.

Debout devant un long bureau, Hamish faisait face à ses juges. Le commissaire Daviot était flanqué de deux enquêteurs du département des enquêtes internes aux visages sévères et de sa secrétaire, Helen, qui avait l'air satisfaite car elle détestait Hamish presque autant que Blair.

Ils rappelèrent les faits. Hamish n'avait pas le droit d'ordonner à un citoyen de lancer un marteau sur un hélicoptère, ordre qui avait de surcroît provoqué le décès du propriétaire. Hamish se tenait silencieux, le visage impassible.

– Désolé, Macbeth, conclut Daviot, mais il n'y a pas d'autre alternative que de vous exclure définitivement des forces de police.

– Attendez une seconde, intervint l'un des enquêteurs en levant la main. Le fait que Ionides ait été un meurtrier doublé d'un trafiquant de drogue – une plaie pour la société, en somme – donne une tout autre couleur au problème, me semble-t-il. Sans Macbeth ici présent, nous ne l'aurions jamais attrapé. Et il y a autre chose à prendre en considération. Le pilote jure qu'ils n'avaient rien à voir avec la mort d'Angus Ettrik. Je ne vois pas pourquoi il mentirait. Il aurait tout aussi bien pu accuser Ionides d'être le seul coupable du meurtre de Fergus.

– Peut-être était-il prêt à avouer qu'il avait participé à un assassinat, mais pas à deux, répliqua Daviot.

– Je ne pense pas. Cet agent de police, continua l'enquêteur en pointant Hamish du doigt, a résolu avec succès plusieurs affaires par le passé. Je sais que vous n'aimez pas ses méthodes, monsieur ; néanmoins, il nous reste un meurtre sur les bras, et Macbeth connaît sa zone d'opération ainsi que les personnes qui l'habitent mieux que personne.

Daviot se tourna vers Hamish.

– Voulez-vous attendre dehors, Macbeth ?

Hamish sortit avec raideur, le képi sous le bras. Il s'assit sur le siège de bureau d'Helen et pivota sur lui-même, d'un côté puis de l'autre avant de se redresser pour dévaliser le placard qu'il savait rempli de biscuits, et utilisa également la machine à café. Elle serait furieuse, mais qu'importe – il ne la reverrait probablement pas.

Le temps s'écoula et ses paupières commencèrent à s'alourdir. Il finit par s'endormir, les pieds sur le bureau.

Lorsque Helen sortit de la salle de réunion une heure plus tard, elle contempla le spectacle : la tasse à café vide – sa tasse en porcelaine préférée –, l'assiette pleine de miettes, et l'agent qui ronflait les pieds sur le bureau. Son visage s'enflamma de rage.

– Agent Macbeth ! lui hurla-t-elle à l'oreille.

Hamish se réveilla en sursaut.

– Oh, c'est vous, Helen, répondit-il avec la plus grande amabilité.

– Dépêchez-vous d'y retourner, vocoféra-t-elle.

Hamish se leva avec flegme.

– Dites donc, vous êtes drôlement rouge, Helen. Ça pourrait être un problème de tension.

Et il la gratifia d'un large sourire en rejoignant la salle de réunion.

– Macbeth, commença Daviot, vous allez être sanctionné et descendre en grade. Mais vous continuerez d'exercer à Lochdubh. Entretenez-vous avec l'inspecteur Anderson avant de partir, il va vous briefer. C'est tout pour le moment.

Hamish sortit, abasourdi, heureux comme un pape. D'un coup d'un seul, il avait retrouvé son travail et sa maison. Il se rendit dans le bureau des inspecteurs.

– Donc vous êtes toujours parmi nous, lui lança Jimmy avec un large sourire. Par contre, vous avez un grade en moins.

– Oui, mais j'ai toujours mon poste, répondit Hamish, tout content.

Jimmy lui tendit deux énormes dossiers.

– Qu'est-ce que c'est ?

– Il faut que vous trouviez qui a tué Angus. Je viendrai avec MacNab pour voir comment ça avance. Voilà les transcriptions de tous les interrogatoires menés après sa mort. Passez-les en revue, et voyez s'il y a des choses intéressantes. Bon, du balai, maintenant. J'ai un coup de fil à passer.

Une fois Hamish parti, Jimmy composa le numéro du pub où il savait que se trouvait Blair.

– C'est un grand jour, exulta Blair à l'autre bout du fil.

– Ça, c'est sûr, répondit Jimmy d'une voix aimable. Ça fait toujours plaisir de garder ses collègues.

Un silence choqué s'ensuivit, puis Blair explosa comme un taureau agonisant :

– Vous voulez dire que ce couillon ne s'est pas fait virer ?

– Non. Il est seulement descendu en grade.
– Comment ont-ils pu laisser passer ça ?
Jimmy prenait son pied.
– Aucune idée. Je n'étais pas là, mais ils m'ont appelé pour me dire de le briefer sur l'affaire Angus Ettrik.
Blair laissa échapper une série de jurons et lui raccrocha au nez. Son verre de tonic presque plein le nargua sous la lumière clignotante des machines à sous. Il s'en empara et se rua vers le bar.
– Versez-moi un double gin là-dedans ! hurla-t-il.
D'ordinaire, il était plutôt amateur de whisky. Mais pourquoi gâcher son tonic ?

Sur le chemin du retour, Hamish sifflotait et chantait au volant, fou de joie. Une fois sorti de Strathbane, il s'arrêta sur un bord de route herbeux et sortit Lugs. Le chien était resté enfermé trop longtemps. En le regardant gambader à travers la bruyère, il se souvint tout à coup de Kirsty Ettrik terrorisée à la vue de l'animal.
Son euphorie retomba. Si Angus n'avait pas été assassiné par Ionides, alors le coupable se cachait forcément parmi les habitants du village. Mais si Fergus avait confié à Angus l'histoire de l'hôtel, ne lui aurait-il pas également parlé de ses autres victimes ?
Il se demanda si Priscilla était de retour. Quelques jours après la mort de Ionides, elle était partie pour

Londres. Il jeta un œil aux deux dossiers sur la banquette arrière et se persuada qu'il ne désirait la voir que pour lui demander à nouveau son aide. Elle était douée d'une logique remarquable.

Il siffla son chien, le fit remonter sur le siège passager, l'attacha et démarra.

De retour au poste, il lui donna sa gamelle et s'installa pour retirer les galons de ses deux pulls et de sa tunique. Puis Clarry arriva, et sourit jusqu'aux oreilles lorsqu'il apprit la bonne nouvelle.

– Ça n'aurait pas pu mieux tomber, se réjouit-il. Je fais mes valises aujourd'hui pour emménager avec Martha. On se marie l'année prochaine. Vous voulez bien être mon témoin ?

– Avec joie, Clarry. Comment va la cuisine, à l'hôtel ?

– Je n'ai jamais été aussi heureux, Hamish.

Son ancien agent s'était littéralement transformé : plus aucune trace du gros Clarry paresseux, à présent qu'il avait maigri et qu'il prenait soin de lui.

– Le seul problème, Clarry, c'est qu'ils ont rouvert l'enquête sur le meurtre d'Angus.

– C'est stupide. C'était le Grec aussi, c'est sûr.

– Ils pensent que non. Le pilote a avoué que Ionides a tué Fergus et qu'ils se sont débarrassés du corps à deux, mais il jure que son patron n'a rien à voir avec le meurtre d'Angus.

– En aidant à résoudre le premier assassinat, il espérait qu'on soit indulgents avec lui. Et là, il réduit sa propre peine en disant que Ionides n'a pas commis le deuxième.

– C'est ce que je pensais. Ah, moi et ma fameuse intuition. J'étais tellement focalisé sur Ionides, et surtout tellement heureux que ce ne soit pas quelqu'un de chez nous, que j'ai pensé qu'il avait aussi tué Angus, bien sûr.

– Par où allez-vous commencer ?

– J'ai deux gros dossiers remplis d'interrogatoires effectués après la mort d'Angus. Clarry, faites parler le personnel de l'hôtel, voulez-vous ? Mais prenez des gants. Les langues seront plus déliées s'ils pensent le meurtre résolu. Les gens essaient toujours de se protéger les uns les autres, et c'est ce qui m'éloigne à chaque fois de la vérité.

Clarry se mit à faire ses cartons, tandis qu'Hamish s'installait pour commencer à parcourir les dossiers. Angus avait dit à Kirsty qu'ils n'auraient plus de problèmes d'argent. Qu'est-ce que ça pouvait bien cacher ? Son compte bancaire avait été vérifié et tout ce qu'il y avait dessus, c'était un découvert.

Il appela Angela, la femme du médecin.

– Est-ce que Kirsty est chez elle ?

– Je crois que oui. Je l'ai croisée à l'épicerie l'autre jour. Pourquoi ?

– Je voulais juste passer la voir, savoir comment elle va.

– Et vous, ça va ?

– Oui, j'ai récupéré mon poste.

– Venez boire un café quand vous pourrez.

Il boutonna sa tunique dépourvue de galons et lança à Clarry :

– J'y vais.

Son ancien agent apparut dans l'encadrement de la porte :

– Je vois que vous n'avez rien prévu pour le dîner, comme d'habitude. Passez à l'hôtel. J'ai un excellent chevreuil braisé. Vous allez vous régaler, avec Lugs.

– Pourquoi pas, après tout. Priscilla est-elle rentrée ?

– J'ai entendu dire qu'elle était sur le retour.

Clarry se redressa et ajouta :

– J'aimerais juste vous dire, vous êtes le meilleur patron que j'aie jamais eu. Je n'oublierai jamais votre gentillesse. De plus…

– C'est bon, dit Hamish dont le teint avait viré au cramoisi, j'y vais.

– Est-ce que je peux vous embrasser ?

– Euh, non, Clarry. Prenez soin de vous, et allez-y mollo sur les feuilletons à l'eau de rose.

Hamish se rendit chez Kirsty. Elle ouvrit précipitamment la porte, comme si elle l'avait attendu.

– Comment allez-vous, Kirsty ?

– Oh, c'est vous, Hamish. Je m'en sors comme je peux. Tout le monde me donne un coup de main avec les moutons en attendant que je décide quoi faire. Entrez.

Hamish fit quelques pas dans la cuisine rutilante.

Chaque centimètre carré brillait de propreté et une forte odeur de désinfectant régnait dans l'air.

Hamish retira son képi et le posa sur la table.

– Je ne veux pas vous causer de souci, Kirsty, vous avez déjà eu beaucoup à endurer.

Elle écarquilla les yeux.

– Qu'est-ce qui se passe ? Quelqu'un d'autre est mort ? Mais enfin, c'est terminé, maintenant. C'est ce salaud de Ionides qui a tué mon Angus.

– Peut-être.

– Comment ça, peut-être ? demanda-t-elle d'une voix stridente.

– À Strathbane, ils commencent à penser que ce n'est probablement pas le cas.

Son visage devint blanc comme un linge et elle s'appuya sur la table pour garder l'équilibre.

– Asseyez-vous, Kirsty, lui dit Hamish, qui à cet instant précis haïssait son travail. Ce n'est sûrement rien du tout.

– Mais si c'est quelqu'un d'autre, murmura-t-elle, il pourrait être là-dehors, à attendre le bon moment pour me liquider, et moi je suis ici toute seule.

– Mais non, tout va bien. On examine de nouveau l'affaire, mais il n'y a aucune raison pour que quiconque vous veuille du mal.

– Je croyais que c'était fini, tout ça, gémit-elle. Une fois l'enterrement passé, je me suis dit qu'il fallait que je mette le chagrin derrière moi.

Hamish reprit avec douceur :

– Je dois vous demander si Angus a dit quelque

chose qui pourrait être d'une quelconque importance. Je sais que vous étiez en état de choc après le meurtre. Mais vous avez mentionné qu'Angus pensait que vos problèmes étaient résolus. Et il a reçu un coup de téléphone de la même cabine que Fergus. Et, d'après ce que j'ai compris, il était plutôt en bons termes avec lui. Fergus essayait de faire chanter Ionides, peut-être en avait-il parlé à Angus ? Après sa mort, peut-être qu'Angus a essayé de faire de même, dans une tentative désespérée pour ne pas perdre la ferme.

– En tout cas, il ne m'en a jamais parlé.

– J'ai du mal à croire que ce n'était pas Ionides, pour tout vous dire. Mais ce coup de téléphone, tout de même, c'est bizarre.

– Je n'en peux plus de cette histoire, souffla Kirsty en appuyant son front sur sa paume. Je veux oublier tout ça.

– Je vous demande quand même d'y réfléchir, lui intima Hamish.

Elle resta là en silence, et il finit par s'en aller. Il se rendit chez Elspeth MacRae.

– Entrez, Hamish, l'accueillit-elle joyeusement. J'allais justement faire du thé.

Ce que les villageois sont détendus, à présent qu'ils sont persuadés que les meurtres sont résolus, songea Hamish avec amertume. Il entra dans la cuisine dallée de pierre. Les craquements du feu de tourbe qui brûlait dans la cheminée se mélangeaient au tic-tac bruyant d'une vieille horloge, tandis que les rideaux en chintz ondulaient à la fenêtre ouverte. Un après-midi paisible dans les Highlands, bien loin de toutes ces histoires de meurtres et de chaos.

– Je ne viens pas seulement pour le plaisir, commença Hamish, gêné, tandis qu'Elspeth versait l'eau frémissante dans une théière.

Son dos se raidit. Elle plaça attentivement le couvercle, disposa la théière sur un plateau ainsi que deux tasses, du lait, du sucre et des biscuits, et apporta le tout à la table de la cuisine.

– Vous venez pour quoi, alors ? demanda-t-elle. Je vous ai déjà donné les papiers pour le traitement de mes bêtes. Le sucre et le lait sont là, servez-vous.

– Eh bien, il semblerait qu'on n'ait toujours pas arrêté le meurtrier d'Angus.

– Comment est-ce possible ?

– Le pilote jure que ni lui ni Ionides ne sont responsables. C'est étrange pourtant, parce que, avant de sortir de chez lui, Angus a reçu un coup de téléphone provenant de la cabine sur le quai – exactement comme Fergus, juste avant qu'il ne se fasse assassiner.

Elle baissa aussitôt les yeux. Hamish l'observa avec intensité.

– Qu'y a-t-il ? Elspeth, dites-moi.

Elle joignit les deux mains et lui dit à voix basse :

– On se connaît depuis longtemps, Hamish.

– Oui.

– Vous savez que je ne ferais pas de mal à une mouche.

– Que m'avez-vous caché, Elspeth ?

Un mouton bêla non loin, et une rafale de vent balaya le cottage. Elspeth gardait le silence, que seul le tic-tac de l'horloge brisait.

– Angus allait me vendre sa maison, dit-elle finalement, et je voulais demander au comité de fermiers la permission d'exploiter le terrain. Mais il changeait sans arrêt d'avis, un jour c'était oui, le lendemain c'était non. J'étais au village ce soir-là, et en voyant la cabine je me suis dit que j'allais l'appeler avant de rentrer pour savoir s'il avait pris une décision. Il avait l'air tout content, il disait qu'il y avait du nouveau, qu'il allait passer me voir pour en parler. Je lui ai donné rendez-vous chez moi. Je suis rentrée et j'ai attendu toute la soirée, avant d'apprendre qu'il avait été assassiné.

– Mais pourquoi n'avez-vous pas dit à la police que c'était vous qui aviez passé cet appel ?

– J'étais sous le choc. Je ne savais pas que c'était important. J'étais sous le choc, Hamish, répéta-t-elle.

– Il va sûrement falloir que vous fassiez une déposition, répondit le policier en soupirant. Vous n'auriez jamais dû cacher cela à la police.

– Mais je n'ai rien à voir avec sa mort, à ce pauvre Angus !

– Quelqu'un l'a tué, pourtant. D'après ce que vous me racontez, c'est à vous qu'il allait rendre visite. Attendez une seconde, Kirsty avait pourtant affirmé qu'il lui avait demandé de sortir et de prendre son temps – pourquoi aurait-il fait ça si c'était lui qui sortait ? Désolé, je ne peux pas garder ça pour moi.

– Alors fichez-moi le camp, s'écria-t-elle. Dehors ! Entre vos amis et la police, vous choisirez toujours la police, de toute façon. Vous êtes un vrai fasciste !

– Je m'en vais, répondit-il. Mais je veux que vous soyez au poste à dix heures demain matin.

Il partit en pestant contre toutes ces maudites cachotteries dont les habitants des Highlands étaient spécialistes. Quelles autres preuves les villageois lui dissimulaient-ils encore ? Il retourna chez Kirsty.

– Qu'est-ce qu'il y a, encore ? cracha-t-elle. Vous croyez que vous ne m'avez pas causé assez de souci pour la journée ?

– Kirsty, vous ne m'aviez pas dit qu'Angus allait vendre à Elspeth.

– Oh, ça. Il changeait d'avis comme de chemise, de toute façon.

– Mais c'est elle qui l'a appelé depuis la cabine, et il lui a dit qu'il allait passer la voir. Apparemment, il avait une bonne nouvelle.

– Je n'ai jamais rien su de tout ça. Comme vous le savez, il m'avait dit de ficher le camp. Pourquoi Elspeth l'a-t-elle appelé ? Et pourquoi depuis la cabine ?

– Elle était au village. Si je comprends bien, Angus ne cessait de changer d'avis quant à cette histoire de vente.

– Il ne faisait pas exprès. Chaque fois qu'il repensait à ses dettes, il disait qu'il allait vendre, mais il n'arrivait jamais à se décider.

– Kirsty, il semble que beaucoup de monde au village m'ait caché des informations importantes. Êtes-vous sûre qu'il n'y a rien d'autre ?

– Je ne vois pas ce que je peux vous dire de plus. Mon mari s'est fait assassiner. J'essaie de faire mon deuil, et vous venez me dire que le meurtrier est toujours dans la nature. Oh et puis, allez-vous-en ! Fichez-moi la paix !

Hamish la fixa intensément tout en se dirigeant vers la porte.

– Je m'en vais. Mais je repasserai vous voir.

Il monta dans la Land Rover.

– C'est votre sale clébard ! lui cria-t-elle. C'est lui qui a attiré le mauvais œil.

Hamish démarra, le cœur lourd. Il n'avait plus le choix : il devait refaire le tour des victimes du chantage de Fergus pour découvrir si oui ou non Angus avait continué cette sombre besogne.

Josie était au travail. Il se dirigea donc vers la maison du banquier. Ce fut Mrs McClellan qui lui ouvrit. Ce que les gens sont accueillants à présent, pensa-t-il de nouveau avec une amertume croissante. Et voilà qu'il allait replonger le village dans la peur.

– Entrez, dit-elle. Je ne sais pas comment vous remercier d'avoir gardé cette histoire pour vous.

J'ai enfin retrouvé le sommeil, dit-elle en le guidant jusqu'à la cuisine. Asseyez-vous. Un petit café ?

– Je ne crois pas, non, répondit Hamish. J'ai une mauvaise nouvelle.

Elle se figea.

– C'est à propos du meurtre d'Angus. Les indices nous poussent à croire qu'il a été tué par quelqu'un d'autre.

Elle se laissa tomber sur une chaise.

– Vous avez toujours cet article de journal, n'est-ce pas ?

– Ne vous inquiétez pas pour le moment. Je n'ai toujours rien dit. Voilà la situation : le pilote de Ionides maintient que son patron n'avait rien à voir avec le meurtre d'Angus. Comme vous l'avez probablement lu dans les journaux, c'est Ionides qui a tué Fergus, et le pilote l'a aidé à se débarrasser du corps. Mais le meurtre d'Angus reste un point d'interrogation.

– Et je fais partie des suspects ?

– C'est juste que je dois tout reprendre depuis le début. Connaissiez-vous Angus ?

– De vue, seulement. Angus et Kirsty. Je les croisais de temps en temps aux événements de la paroisse. On se disait bonjour, rien de plus.

– Et Angus ne vous a pas contactée après la mort de Fergus ?

– Non.

Hamish l'observa intensément. Elle disait la vérité, il en était certain.

– Écoutez, beaucoup de gens m'ont caché des choses parce qu'ils ne voulaient pas avoir affaire à la police, ou parce qu'ils essayaient de protéger quelqu'un. Si vous vous rappelez quelque chose, ou si vous entendez quoi que ce soit…

– Je vous le ferai savoir.

Hamish se rendit ensuite chez Mrs Docherty, et l'épisode se reproduisit : son accueil plus que chaleureux fut bien vite remplacé par la détresse lorsqu'elle apprit la raison de sa visite.

– Est-ce que vous avez toujours cette horrible lettre ?

– Oui, j'en ai bien peur. Je ne pourrai pas la détruire tant que le meurtre d'Angus ne sera pas résolu. Avez-vous eu des nouvelles du représentant de commerce ?

– Il m'a écrit de nouveau pour m'annoncer son retour à Strathbane. Je l'ai appelé et je lui ai dit de m'oublier, ou il serait mêlé à une enquête pour meurtre. Pas de nouvelles depuis.

– Angus ne vous avait jamais contactée ?

– Non. Mais c'est vraiment terrible, la façon dont il a été tué. Le coupable est sûrement un homme, si vous voulez mon avis.

– N'importe quelle femme armée d'un marteau ou d'un outil similaire aurait pu le faire.

Elle frissonna.

– Donc il y a un meurtrier dans la nature ?

– Espérons que le pilote ait menti, mais en tout cas, il faut que je continue de chercher.

Il attendit le soir pour se rendre chez Josie.

– Où est votre mère ? lui demanda-t-il en la suivant dans le salon.

– Au travail. Elle a dû les supplier de la reprendre, à l'hôtel.

Il s'assit et lui expliqua la situation. Josie le fixa, bouche bée, puis lui demanda d'une voix où perçait l'affolement :

– Mais qu'est-ce que j'ai à voir là-dedans ?

– Si Angus avait eu vent de cette histoire de chantage, peut-être aurait-il essayé de reprendre là où Fergus s'était arrêté. Il ne vous a pas contactée ?

– Non.

Bien que l'air soit frais dans le salon, le front de Josie luisait de sueur. Elle avait l'air terrorisée.

– Tout va recommencer, gémit-elle.

– Il n'y a rien que les gens ne sachent déjà, vous concernant, répondit Hamish. Réfléchissez, Josie. Vous avez annulé les invitations au mariage après le meurtre de Fergus.

– Mais Fergus faisait copain-copain avec Angus. Donc la personne qui a tué Angus va peut-être venir me trouver.

– Ça n'aurait pas de sens.

– Vous ne comprenez pas. Il y a quelque chose chez moi qui fait perdre les pédales aux hommes.

Hamish la contempla un instant, mi-ébahi, mi-amusé, avant que son regard ne se fasse soudain plus perçant.

– Attendez un peu, Josie. Comment savez-vous que Fergus faisait copain-copain avec Angus ?

– Cet été, je les ai vus ensemble près du port, à discuter et à rigoler.

– Josie, pourquoi ne m'avez-vous pas raconté ça plus tôt ?

– Ça n'avait pas l'air important.

– S'il y a quoi que ce soit d'autre qui vous revient en mémoire, même si cela paraît insignifiant, il faut à tout prix que vous m'en informiez.

– D'accord.

Elle le regarda en battant ses cils alourdis de mascara :

– Voulez-vous boire quelque chose ?

– Non merci. Il faut que j'y aille, répondit-il, pas mécontent de s'échapper.

Quclquc part dans cc village, quelqu'un dor mait sur un indice de la plus haute importance sans même le savoir, ça ne faisait aucun doute. Il n'avait d'autre choix que d'interroger à nouveau tout Lochdubh.

Jimmy Anderson envoya trois agents à sa rescousse. Pour la énième fois, ils entreprirent de faire le tour des cottages, jusqu'à ce qu'un nouveau dossier de rapports soit rempli à ras bord – mais entièrement dépourvu de toute information utile.

– Il faut voir la vérité en face, Hamish, le raisonna Jimmy. Vous ne pouvez pas gagner à tous les coups. Je pensais que vous teniez quelque chose avec Elspeth MacRae, mais à part cette histoire de coup de téléphone, il semblerait qu'elle n'ait rien à se reprocher.

L'hiver s'abattit sur Lochdubh. Les nuits s'allongèrent, s'épaissirent ; la neige recouvrit les sommets. Hamish passait ses soirées dans son bureau à prendre des notes, à étudier toutes les possibilités jusque tard dans la nuit, avec toujours l'espoir de trouver un détail qui lui aurait échappé.

Un après-midi, le téléphone sonna. C'était Clarry.

– L'hôtel ferme pendant deux semaines, lui dit-il joyeusement. Priscilla est de retour.

Le cœur du policier bondit dangereusement dans sa poitrine.

– Avec Martha, on se disait que ça faisait longtemps qu'on ne vous avait pas vu, continua Clarry. On a invité Priscilla à dîner ce soir, est-ce que ça vous dirait de vous joindre à nous ?

Hamish accepta avec joie. Il mit avec bonheur ses dossiers de côté et alla se préparer pour la soirée.

Lorsqu'il sortit, la neige s'était mise à tomber, fouettant la surface du loch, et il décida d'y aller en voiture. Il avait revêtu son seul costume présentable, agrémenté d'une cravate et d'une chemise blanche toute propre.

Priscilla était déjà là. Les enfants firent un accueil chaleureux à Lugs. Quelle métamorphose, s'émerveilla Hamish en regardant autour de lui. Les murs désormais couverts de photos et le tapis rouge cerise donné par Angela donnaient à la pièce une atmosphère chaleureuse. Une délicieuse odeur exotique s'échappait de la cuisine. Les cheveux courts à présent, Martha semblait avoir rajeuni de plusieurs années. Hamish lança un regard furtif aux mains de Priscilla. Pas de bague.

Pendant que Clarry allait chercher l'apéritif, elle l'interrogea :

– J'ai entendu dire que tu enquêtais à nouveau. Penses-tu que c'est quelqu'un d'autre qui a tué Angus ?

– Je ne sais pas, répondit Hamish en prenant le verre de whisky que lui tendait Clarry. J'ai repris les interrogatoires depuis le début, et j'en suis sorti bredouille.

– Que va devenir Kirsty ? demanda Martha. Elle ne peut pas continuer à s'occuper seule de la ferme – et avec ce temps, ça va être de pire en pire.

– Les autres fermiers vont continuer à l'aider, la rassura Hamish. Et je pense que la banque ferme les yeux sur son découvert pour l'instant. Tu es rentrée pour longtemps, Priscilla ?

– Toute la période de Noël. C'est ça l'avantage, quand on est freelance dans la programmation informatique. Dès qu'un contrat se termine, je peux prendre des vacances.

– Je ferais bien de retourner voir ton père. Est-ce qu'il est là en ce moment ? J'ai essayé plusieurs fois, sans succès.

– Oui, il est à la maison. Oh, il sera tellement furieux d'apprendre que cette histoire n'est pas terminée.

Ils discutèrent de choses et d'autres, des dernières nouvelles du village. Le bébé sur les genoux, Clarry avait une mine radieuse.

Lorsque la table fut débarrassée des jouets et des cahiers de coloriage et qu'ils furent installés devant un succulent rosbif, Martha lança :

– Je devrais peut-être passer voir Kirsty.

– Je ne savais pas que vous étiez amies, s'étonna Hamish.

– Nous ne le sommes pas. Enfin, quand Fergus était encore là, je n'avais pas d'amis du tout, à vrai dire. Mais disons que nous avions beaucoup en commun.

– Comment ça ? Lugs, non, tu as déjà dîné, gronda-t-il alors que son chien avait posé une patte sur ses genoux.

– J'ai un bon os à moelle pour lui, dit Clarry en se levant. Je vais le chercher tout de suite, ça le calmera.

Hamish reporta son attention sur Martha :

– Que voulez-vous dire par « nous avons beaucoup en commun » ?

– Avions.

– Racontez-moi, si vous voulez bien.

– Eh bien, un jour, deux mois avant la mort de Fergus, je suis allée faire des courses chez Patel avec un œil au beurre noir. Personne ne me demandait plus ce qui s'était passé, vu que je répondais toujours la même chose – la faute à la porte, à l'escalier, et j'en passe. Mais Kirsty m'a rattrapée quand je suis sortie, et elle m'a dit : « Moi, mes bleus, ils ne se voient jamais. Il est trop intelligent pour ça. » J'ai fait comme si je n'avais pas compris. Il faut dire qu'à l'époque, je mentais comme je respirais. Mais elle a remonté sa manche pour me montrer son bras, et elle avait une de ces brûlures, c'était pas beau à voir. « Il a fait ça avec le fer à repasser », qu'elle a dit. Donc peut-être que ça aiderait, si j'allais la voir. Même si son bonhomme est mort, ça prend du temps, de se remettre de trucs pareils. Il y a de ça un mois, Clarry est arrivé derrière moi dans la cuisine et a levé le bras pour attraper quelque chose, et je me suis mise à crier en me protégeant le visage.

Hamish reposa lentement ses couverts sur la table.

– Martha, j'ai passé des jours et des jours à interroger les habitants à la recherche d'informations en rapport avec le meurtre d'Angus, et comme à peu près tout le monde dans ce village, vous n'avez rien dit.

– Je n'ai pas réfléchi, répondit-elle nerveusement. Et puis il y a une sorte de solidarité féminine, vous savez. Les maris violents, c'est tabou, on n'en parle pas. En plus, c'est elle, la victime. Qu'est-ce que ça a à voir avec le meurtre ?

– Il faut que j'aille la voir dès demain matin. Si je réussis à grimper là-haut avec toute cette neige.

Clarry, qui avait donné l'os à Lugs, remarqua avec inquiétude le visage tendu de Martha.

– Bon, est-ce qu'on peut parler d'autre chose, maintenant, Hamish ? On est en train de lui rappeler de mauvais souvenirs.

Il n'en fallait pas moins pour que Priscilla se mette à raconter des anecdotes hilarantes sur les clients les plus étranges qu'elle avait reçus à l'hôtel. Hamish s'efforça de ne plus penser à l'enquête, et la soirée s'acheva dans la bonne humeur.

Lorsque Priscilla et Hamish prirent congé, la neige avait cessé de tomber.

– Ça va aller, pour rentrer ? lui demanda-t-il.

– J'ai mis les pneus neige dès que j'ai entendu la météo, répondit Priscilla, qui n'avait rien perdu de son efficacité.

– Je te revois quand ?

Le souffle d'Hamish se cristallisa dans l'air glacé, un nuage de buée qui resta suspendu entre eux quelques instants.

– Je t'emmène dîner demain soir, déclara-t-elle. Vingt heures, à l'italien ?

– J'y serai, répondit Hamish avec un sourire jusqu'aux oreilles.

Le lendemain matin, il alla s'occuper de ses moutons et de ses poules, puis rentra enfiler son uniforme pour se rendre chez Kirsty. En sortant par la porte de la cuisine, il se retrouva nez à nez avec Fiona McClellan, la femme du banquier.

– Il y a quelque chose que vous devriez savoir, lui dit-elle de but en blanc.

– Entrez. Est-ce que les routes ont été sablées ?

– Oui, la sableuse était déjà sur le quai quand je suis arrivée.

– Qu'avez-vous à me dire ?

– C'est juste un détail. Mon mari serait furieux s'il apprenait que j'ai divulgué des informations relatives à la banque.

– Je vous écoute.

– D'ordinaire, il ne me raconte jamais rien de privé sur ses clients. Mais je n'ai pas arrêté de retourner le meurtre d'Angus dans ma tête, dernièrement, et hier soir j'ai fini par lui dire : « Cette pauvre Kirsty. J'imagine qu'elle a de gros soucis financiers. » Et il a répondu avec un petit rire : « Elle pourrait tous nous racheter en un claquement de doigts. » Alors je lui ai demandé ce qu'il voulait dire par là. Elle venait de déposer un chèque de deux cent cinquante mille livres à la banque.

– Où diable a-t-elle pu se procurer autant d'argent ? s'exclama Hamish.

– Elle avait des obligations d'État, celles qui sont tirées au sort tous les mois. Apparemment, elle a gagné le gros lot. Pourtant, d'après lui, elle n'en avait que cent ! Alors que même avec les dix mille qu'on a achetées, mon mari et moi, on n'a jamais gagné une somme pareille.

– Merci de m'avoir prévenu. Je suis bien content pour elle. Tous ses problèmes sont réglés. Je ne vois pas en quoi cela peut faire avancer l'affaire...

– Il y a quelque chose de bizarre.

– Quoi donc ?

– Elle vient juste de déposer le chèque, alors qu'elle l'a reçu en juillet.

Hamish la fixa et répondit lentement :

– Je vais vérifier ça. Le chèque était-il à son nom, ou à celui d'Angus ?

– À son nom à elle.

Elle s'agrippa à la manche du policier :

– Vous devez me promettre que vous ne direz rien à mon mari !

– Ne vous inquiétez pas. Je vais faire vérifier son compte bancaire. Celui d'Angus a été examiné après sa mort.

Lorsqu'elle fut partie, Hamish retourna à son bureau pour passer un coup de téléphone à Jimmy. Puis il se ravisa. Mieux valait régler ça lui-même. Il y avait sûrement une explication à tout ça.

Le ciel était bas et lourd. Sous toute cette neige, le paysage autour de la ferme des Ettrik avait pris un air désolé. Lorsque Hamish coupa le moteur, un silence inquiétant s'abattit sur la campagne environnante. Pas un aboiement, pas même un chant d'oiseau.

Presque avec réticence, il se dirigea vers la porte

et frappa. Pas de réponse. Il resta planté là, collant son oreille au battant pour tâcher d'entendre quelque chose, puis huma l'air. Une odeur de ragoût. Kirsty avait très bien pu mettre quelque chose à cuire à feu doux avant de sortir. Il recula et observa le cottage. Elle était là, attendant qu'il s'en aille, il le sentait.

Il essaya la poignée : la porte n'était pas fermée à clé. Il ouvrit et entra.

– Kirsty ! cria-t-il. Police ! Où êtes-vous ?

Une casserole mijotait sur le feu. L'horloge sur le mur faisait tic-tac. Il perçut une courte respiration derrière le canapé élimé et se pencha pour mieux voir. Recroquevillée, Kirsty leva vers lui un regard d'animal traqué.

– Sortez de là, Kirsty, fit-il d'une grosse voix, devinant soudain la vérité. Sortez, et racontez-moi comment vous avez tué votre mari.

Elle se releva, se laissa tomber sur une chaise de cuisine et se prit la tête entre les mains.

Hamish retira son képi et le posa délicatement sur la table, comme s'il s'agissait d'un objet précieux. Il s'assit à côté d'elle.

– C'était pour l'argent, c'est ça ?

– Est-ce que je vais aller en prison ?

– J'ai bien peur que oui. Que s'est-il passé ?

– Vous saviez qu'il me battait ?

– Je l'ai appris hier seulement. Racontez-moi tout, Kirsty, dit-il en lui prenant la main.

Elle commença son récit d'une voix vide de toute

émotion, comme si elle se trouvait déjà devant le tribunal. Hamish sut d'intuition qu'elle avait répété mille fois cette confession. De toute évidence, depuis la mort d'Angus, elle avait vécu dans la peur constante que ce moment arrive.

– On avait tous les deux dix-huit ans quand on s'est mariés. Bien trop jeunes. Si on avait eu des enfants, peut-être que ç'aurait été différent. Enfin non. Ça n'aurait fait aucune différence. Et je suis bien contente qu'on n'en ait pas eu, vu comment les choses ont tourné. Le travail à la ferme devenait de plus en plus dur. Chaque fois qu'il gagnait un peu d'argent avec la vente des moutons, il lui venait une nouvelle lubie. D'abord, ç'a été les chèvres. Elles n'arrêtaient pas de se sauver. C'est destructeur, ces bêtes-là. Il les a revendues à perte. Ensuite, ç'a été les biches. Mais la clôture n'était pas assez solide, et une nuit elles se sont toutes enfuies. Il avait le coude léger, Angus, comme tous les gars des Highlands. Mais il s'est mis à boire de plus en plus. La première fois qu'il m'a frappée, il a tellement regretté, après, que j'ai cru que ce serait la seule. Mais il a recommencé. Encore, et encore. Il avait pris Fergus d'amitié juste parce que c'était un soûlard comme lui.

– Il n'en avait pas la réputation, pourtant.

– Oh, il ne faisait pas ça en public. Seulement le soir. Il buvait en continu toute la soirée, en me fixant – ça lui plaisait, ça, de me ficher la trouille. Je ne lui ai jamais dit que j'avais acheté des obligations. Je rêvais de gagner. Je pensais que tout s'arrangerait avec de l'argent, et j'ai fini par le gagner, ce gros lot. Et quand le chèque est arrivé, je lui ai finalement dit. Quelle idiote ! Tout à coup, c'est devenu son argent. Il voulait le déposer sur le compte commun. Il disait qu'il n'en pouvait plus de ce temps de chiottes, qu'on allait acheter une jolie ferme dans le Perthshire, et je l'ai vu gros comme une maison : une fois l'argent dépensé dans la ferme, il la ferait couler, et il continuerait de me frapper. Ce jour-là, il était en train de réparer une étagère dans la cuisine, quand le téléphone a sonné. Il est allé répondre et pendant ce temps, j'ai soupesé son marteau, comme ça, pour voir. Je ne sais plus exactement ce qui s'est passé après, mais quand il est revenu, il s'est assis, il a récupéré le chèque et il m'a dit : « Va me chercher ma veste. Je vais à la banque. » Je lui ai pris le chèque des mains en protestant qu'il était à moi, cet argent. Quand il m'a regardée, son visage était déformé par la rage. Puis il m'a tourné le dos et il a fait : « Donne-moi ce chèque, ou il va t'arriver des bricoles, tu le sais très bien. »

« J'ai eu un instant d'égarement. Et quand j'ai repris mes esprits, j'étais là, debout, avec le marteau plein de sang dans les mains, et il était par terre, raide mort. J'ai caché le chèque dans le plafond, et puis j'ai tout nettoyé. J'avais pas pensé qu'ils s'attendraient à trouver mes empreintes partout. J'ai essuyé le sol jusqu'à la porte et je suis allée cacher le torchon dehors. Puis je vous ai appelé, j'ai pris sa tête en sang dans mes bras, et j'ai attendu. Je ne ressentais rien. C'est venu seulement après. L'horreur.

– Et la bouteille de whisky avec les deux verres sur la table ?

– C'est moi qui les ai mis là. Je voulais qu'on croie qu'il attendait quelqu'un.

Hamish libéra sa main et sortit son téléphone. Il appela Strathbane et demanda qu'on lui envoie une équipe pour escorter une personne mise en examen.

– Est-ce qu'Angus vous avait déjà frappée au point de finir chez le médecin ?

– Oui, il m'a cassé deux côtes, un soir. Mais il était intelligent. Il ne frappait jamais où ça pouvait se remarquer. Je suis allée chez le docteur Brodie, qui m'a envoyée à l'hôpital.

– Qu'avez-vous dit au docteur Brodie ?

– Que j'étais tombée.

– Et il vous a crue ?

– Non. J'étais déjà allée le voir l'année d'avant avec un bras cassé. J'ai dit que j'étais maladroite, voilà tout. Mais il avait vu les bleus sur mes bras. « Vous feriez bien d'arrêter de mentir et d'aller dénoncer votre mari à la police », qu'il a dit.

– Et pourquoi ne l'avez-vous pas fait ?

– C'était comme ça depuis tellement longtemps… Je n'arrêtais pas de lui trouver des excuses. J'avais peur de me retrouver toute seule. J'étais perdue.

Elle fut prise d'une crise de sanglots irrépressibles et désespérés. Angus Ettrik, pensa Hamish, si vous n'étiez pas déjà mort, je crois bien que je pourrais vous tuer moi-même.

Il retira la casserole du feu et alluma la bouilloire, puis se rendit dans la chambre de Kirsty pour récupérer sa veste. Deux valises prêtes attendaient sur le lit. Elle avait certainement prévu de s'enfuir quelque part. Il s'empara de son manteau en laine, retourna dans la cuisine et le posa sur une chaise. Puis il déposa une tasse de thé fumant et sucré devant Kirsty et lui tendit un mouchoir propre.

– Buvez ça, ordonna-t-il. Vous allez avoir besoin d'un bon avocat, Kirsty. Vous pouvez vous le permettre, à présent.

– Ils ne vont pas me retirer l'argent ?

– Non, il est à vous. Vous n'avez commis aucun crime pour l'avoir. Voulez-vous que je vous trouve un avocat ?

Elle hocha la tête. Il sortit son téléphone et composa un numéro à Inverness. Il fit un bref résumé à l'avocat et lui demanda de venir sans délai au commissariat de Strathbane.

Puis il attendit. Ce fut interminable. La neige se mit à tomber en abondance, en gros flocons de dentelle blanche. Le bruit des sirènes se fit enfin entendre au loin.

Quand la police arriva, Hamish inculpa Kirsty Ettrik du meurtre de son mari Angus. Il attendit qu'elle soit menée à la voiture de police, qu'il regarda s'éloigner jusqu'à devenir un point bleu clignotant et disparaître dans la neige.

Le cœur plus lourd que jamais, il remonta dans la Land Rover et rentra à Lochdubh.

Épilogue

> « Seigneur ! Seigneur ! Que ce monde est adonné au mensonge ! »
>
> William Shakespeare

L'été était revenu au village. Installés sur des chaises longues dans le jardin du poste de police, Hamish Macbeth et Jimmy Anderson profitaient de cette magnifique journée. Le ciel était aussi bleu que le regard pétillant et rusé de Jimmy. Comment diable garde-t-il une telle forme avec tout ce qu'il boit, cela restera toujours un mystère, songea Hamish.

– Donc elle s'en est tirée, s'exclama Jimmy. Je n'en crois pas mes oreilles. Kirsty Ettrik s'en est tirée ! répéta-t-il. Elle doit une fière chandelle aux habitants de Lochdubh, ça ne se serait jamais passé comme ça sans eux. Ils ont fait fort, se déplacer un à un jusqu'à la haute cour de justice pour témoigner de la violence d'Angus Ettrik. C'est quand même fou que vous soyez le seul de tout le village à ne pas avoir été au courant, Hamish. Même si vous avez résolu le meurtre, Daviot n'était pas très impressionné.

– Oh, beaucoup de choses m'échappent, vous savez, répondit Hamish, préférant oublier qu'il était lui-même l'instigateur de tout ce manège.

Il se sentait un peu coupable. Il avait voulu alléger la sentence de Kirsty, pas l'en dispenser.

– Enfin, ça fait quand même une autre affaire de bouclée, reprit Jimmy. Rien d'autre de neuf ?

– Rien du tout, heureusement. C'est le calme plat, en ce moment.

– Et l'hôtel près du port, qu'est-ce qu'il va devenir ?

– C'est un bazar administratif pas possible, donc il va rester là à prendre la poussière encore un moment. Par je ne sais quel miracle, Peter McLeigh, l'ancien propriétaire du bar, a réussi à racheter son troquet. C'est au moins ça de pris pour les villageois, ils ont à nouveau un endroit pour se retrouver. Mon vieux, je vous raconte pas l'état. Il aurait quand même pu l'arranger un peu. Ionides avait enlevé toutes les vieilles tables et les anciennes machines à sous pour en faire une boutique de souvenirs. Et v'là-t'y pas que Peter a tout remis exactement à sa place. Saleté comprise ! C'est d'un morose.

– C'est à cause du calvinisme, ça, répondit

paresseusement Jimmy. Plus c'est morose, plus ils prennent leur pied. Alors, où est Kirsty à présent ?

– De retour dans sa ferme. Elle va sûrement vendre à Elspeth MacRae et déménager, repartir de zéro quelque part.

– Je pensais qu'elle voudrait rester, vu la façon dont tout le monde a pris sa défense.

Hamish garda le silence. Tout comme lui, les villageois trouvaient qu'elle aurait tout de même mérité une sanction. Pas sûr qu'ils se montrent si aimables que ça.

Jimmy attrapa la bouteille de whisky qui traînait dans l'herbe et se servit une généreuse rasade.

– Et la nouvelle institutrice, qu'est-ce que ça donne ?

– Elle est partie. C'est drôle, je pensais vraiment que c'était quelqu'un de sensé, mais écoutez ce qui s'est passé : un jour, elle court à travers le village, tout excitée, en disant qu'elle a décroché un boulot à Eton. Je me dis, c'est bizarre, je croyais qu'ils n'employaient que des instituteurs, là-bas. Alors quand elle est partie, je les ai appelés, à Eton.

– Ils n'avaient jamais entendu parler d'elle, je parie ?

– Bingo. Cette femme délire complètement. Mrs McClellan, qui la connaissait, m'a dit que c'est en fait une vraie mythomane. N'empêche, Jimmy, vous n'imaginez pas le nombre de choses que les gens dans ce village m'ont cachées !

– Bon, et les amours, Hamish ?

– Alors là, je ne vois même pas de quoi vous voulez parlez, répondit-il.

Avec toute cette histoire autour de l'arrestation de Kirsty, le rendez-vous au restaurant avec Priscilla était passé à la trappe. Puis elle avait reçu une autre offre de contrat, à Milton Keynes cette fois, et elle était repartie.

– Et votre ancien agent ?

– C'est l'homme le plus heureux de la terre. Des cuisiniers réputés viennent jusqu'à Tommel Castle pour découvrir ses secrets.

– Épatant. Oh, au fait, la Fleming a perdu son poste de responsable environnement – non seulement ça, mais elle n'a même pas été réélue aux dernières élections. Elle a été battue par une petite jeune des Verts, vous le croyez ?

– Une horreur, cette bonne femme. J'ai un drôle de pressentiment, comme si elle n'avait pas encore dit son dernier mot.

Jimmy descendit son whisky d'une traite et se leva.

– Bon, allez, j'y vais. Je ferai la bise à Blair pour vous.

– *Aye*, n'y manquez pas, surtout.

Hamish rentra et nourrit Lugs avant de l'emmener faire un tour sur le quai. Le paysage était incroyablement paisible. Même la surface du loch n'était plus noire et reflétait le bleu du ciel. Un yacht voguait tranquillement vers le large, des notes de jazz s'échappaient du pont et résonnaient sur l'eau calme. Hamish s'appuya sur les vieilles pierres de la digue et respira à pleins poumons l'air frais et ensoleillé.

Un couple autour de la cinquantaine se trouvait non loin. En voyant leurs habits particulièrement adaptés à ce beau temps, il sut que c'étaient des touristes, probablement américains – les habitants de la région, habitués aux étés fulgurants et aux hivers interminables, ne s'embêtaient pas à s'habiller différemment à chaque changement de saison. Il reconnut un accent du Midwest lorsque la femme s'écria :

– C'est tellement parfait ! Tu ne trouves pas ? J'aimerais tant vivre dans un endroit aussi magnifique.

– Rien n'est impossible, répondit son compagnon en souriant. Je me demande quels sont les prix de l'immobilier dans la région.

Hamish soupira. C'était toujours la même chose. Les gens venaient à la belle saison, s'emballaient devant la splendeur du paysage et décidaient de s'installer. Et puis ils avaient vite fait de revendre et de filer sous des cieux plus cléments dès que la longue nuit de l'hiver s'abattait sur la région.

– Salut, Hamish. Dites donc, vous sentez le whisky.

Il se retourna : c'était Angela Brodie.

– Je n'ai bu qu'un seul verre. Jimmy est passé me voir.

– Alors, vous avez entendu, pour Kirsty ?

– Je ne sais pas quoi en penser, pour être honnête. Elle a quand même tué son mari. Je m'attendais à ce qu'elle écope d'une petite peine.

– Eh bien, elle est de retour, en tout cas. Avec quelques voisins, on est allés voir si elle avait besoin de quelque chose, mais elle a dit que tout allait bien. Elle ne nous a même pas invités à entrer. Quelle journée magnifique, n'est-ce pas ?

– *Aye*, ça, c'est sûr. Avec un paysage pareil, difficile d'imaginer qu'il se soit passé toutes ces horreurs. Je pensais que Kirsty aurait vendu son histoire à la presse. Il ne doit plus lui rester grand-chose, après les frais d'avocat.

Une ombre les engloutit soudain. Angela leva les yeux vers le ciel.

– Regardez-moi ce nuage. D'où est-il venu, celui-là ? Le ciel était complètement dégagé il y a de ça une minute.

Lugs poussa soudain un long hurlement sauvage. Hamish s'accroupit près de lui.

– Qu'est-ce qu'il y a, Lugs ?

Lugs pointa son museau vers le ciel, sa tête hirsute et ses grandes oreilles bizarres renversées en arrière, et hurla de plus belle. Les villageois commencèrent à s'attrouper autour d'eux.

– Emmenez-le chez le véto, intervint Archie Maclean. Il a dû manger un truc louche.

– Quelqu'un est mort, voilà ce qui se passe, voilà ce qui se passe, oui.

C'était la voix de Jessie Currie. Hamish prit dans ses bras le chien qui hurlait toujours.

– Je vais le ramener à la maison, voir si j'arrive à le calmer.

Lugs continua de trembler et de hurler à la mort tandis qu'Hamish le portait jusqu'au poste. Et soudain, une fois à l'intérieur, il se calma et lécha le nez de son maître, comme pour se faire pardonner. Le policier s'assit et le regarda remuer la queue devant sa gamelle d'eau. Il resta là un long moment à observer son chien. Puis, subitement, il bondit sur ses pieds et courut à son quatre-quatre.

Ce que je peux être bête, se maudit-il. Sirène en marche, il mit le pied au plancher, fonçant jusqu'au cottage de Kirsty Ettrik.

La porte bâillait. Il se précipita dans la maison en criant :

– Kirsty !

Il s'arrêta net. Le corps sans vie de Kirsty Ettrik se balançait à une poutre de la cuisine.

Il grimpa sur une chaise et se força à chercher son pouls. Le corps était encore chaud, mais sans vie. Il sortit un couteau de sa poche, coupa la corde et allongea Kirsty sur le sol. D'un drap qu'il avait trouvé dans la chambre, il couvrit ses horribles yeux exorbités qui ne cessaient de le fixer. Sur la table, il y avait une enveloppe à destination d'Elspeth MacRae, et une feuille A4 sur laquelle Kirsty avait écrit : « Je ne pouvais pas vivre avec ça. »

Hamish recula jusqu'à la porte, sortit son téléphone et appela Strathbane.

Puis il s'assit dehors au soleil, et attendit. Il ne pouvait supporter de rester à l'intérieur plus longtemps.

Le soir venu, le corps de Kirsty avait été emporté, Hamish avait rédigé son rapport et l'avait envoyé à Strathbane. Dans sa lettre à Elspeth, Kirsty lui léguait la ferme. Lugs entra dans le bureau et posa une patte sur les genoux d'Hamish.

– Qui es-tu, Lugs ? demanda Hamish en scrutant son chien.

Puis il secoua la tête. N'importe quoi. Certains habitants du coin croyaient encore que les morts se réincarnaient en phoques. Il commençait à devenir aussi timbré qu'eux. Il resta assis là, songeant à l'enfer qu'avait dû vivre Kirsty.

– Quel gâchis, murmura-t-il. Quel gâchis.

Une voix appela depuis la cuisine :

– Il y a quelqu'un ?

Priscilla ! Il bondit sur ses pieds et la trouva debout dans la cuisine, un grand sourire aux lèvres. Elle portait un ensemble pantalon impeccablement ajusté, pas un seul cheveu blond ne dépassait de sa coiffure.

– Je te croyais à Milton Keynes.

– Mon contrat là-bas s'est terminé. Et ce fameux dîner, alors ?

L'espace d'un instant, il hésita. Son cerveau le

mettait en garde contre les vieilles blessures. Chat échaudé craint l'eau froide, se souvint-il avec appréhension.

Mais il fallait vivre, à tout prix. Profiter de chaque instant. S'emparer de chaque moment de joie.

– Donne-moi une seconde, Priscilla, s'exclama Hamish Macbeth. J'enlève mon uniforme, et je suis à toi !

DU MÊME AUTEUR

AUX ÉDITIONS ALBIN MICHEL

Les enquêtes de Hamish Macbeth

1. QUI PREND LA MOUCHE
2. QUI VA À LA CHASSE
3. QUI S'Y FROTTE S'Y PIQUE
4. QUI A UNE TAILLE DE GUÊPE
5. QUI FRANCHIT LA LIGNE JAUNE
6. QUI SÈME LE VENT
7. RIRA BIEN QUI RIRA LE DERNIER
8. LES FLÈCHES DE CUPIDON
9. PETITS CRIMES ENTRE VOISINS
10. BOURREAU DES CŒURS
11. LA PAIX DES MÉNAGES
12. BRAS DE FER
13. DENT POUR DENT
14. SOUS LE FEU DES PROJECTEURS
15. EAUX TROUBLES
16. MÉNAGE DE PRINTEMPS

Agatha Raisin enquête

1. LA QUICHE FATALE
2. REMÈDE DE CHEVAL

3. PAS DE POT POUR LA JARDINIÈRE
4. RANDONNÉE MORTELLE
5. POUR LE MEILLEUR ET POUR LE PIRE
6. VACANCES TOUS RISQUES
7. À LA CLAIRE FONTAINE
8. COIFFEUR POUR DAMES
9. SALE TEMPS POUR LES SORCIÈRES
10. PANIQUE AU MANOIR
11. L'ENFER DE L'AMOUR
12. CRIME ET DÉLUGE
13. CHANTAGE AU PRESBYTÈRE
14. GARE AUX FANTÔMES
15. BAL FATAL
16. JAMAIS DEUX SANS TROIS
17. CACHE-CACHE À L'HÔTEL
18. UN NOËL PRESQUE PARFAIT
19. LA KERMESSE FATALE
20. VOICI VENIR LA MARIÉE
21. TROUBLE-FÊTE
22. DU LARD OU DU COCHON
23. SERPENT ET SÉDUCTION
24. GARE AUX EMPOISONNEUSES
25. AU THÉÂTRE CE SOIR
26. SECRETS SUR CANAPÉ
27. LES PISSENLITS PAR LA RACINE

28. CHASSE AUX SORCIÈRES

29. SONNENT LES CLOCHES !

30. BONNET D'ÂNE !

31. AU GALOP !

Les enquêtes de lady Rose

1. MEURTRE ET SÉDUCTION
2. SOUPÇONS ET PRÉJUGÉS
3. RAISON ET CHÂTIMENTS
4. PASSIONS ET TRAHISONS

Les chroniques de Bond Street

Tome 1

LADY FORTESCUE À LA RESCOUSSE

MISS TONKS PREND SON ENVOL

Composition : Nord Compo
Impression : CPI Firmin Didot en août 2022
Éditions Albin Michel
22, rue Huyghens, 75014 Paris
www.albin-michel.fr
ISBN : 978-2-226-46015-8
N° d'édition : 24403/01 – N° d'impression : 169969
Dépôt légal : septembre 2022
Imprimé en France